U0127411

1624

施如芳、蔡逸璇

編劇

目次

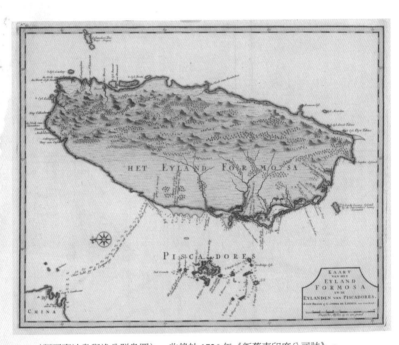

〈福爾摩沙島與漁翁群島圖〉，收錄於 1726 年《新舊東印度公司誌》。
本圖是西方最早期的臺灣全島地圖之一。

（圖片來源／國立臺灣歷史博物館）

歷史交融的起點　文化綻放的榮光

　　「脈絡」，是我們對土地熱愛的源頭，它不僅是瞬間的感動，更是故事過程中的連結。唯有脈絡，我們才能真切地對土地產生情感。

　　歌仔戲作為臺灣的原生劇種，在中南部擁有最豐富的歌仔戲團與演出能量，2016、2018年高雄春天藝術節的《見城》環境劇場，我們成功地整合各門派，以環境劇場的形式，在歷史城牆上演繹著朱一貴、林爽文等人攻破城池英勇的歷史故事。

　　而後，2022年的《船愛》，我們以衛武營船型建築為背景，將臺灣這個海洋國家、高雄這個海洋城市的歷史呈現在舞臺上，並透過大型的科技投影，衛武營「那艘大船」活現在我們眼前。

　　1624年，是臺灣與荷蘭相遇的一年，也是臺灣在大航海時代與世界接軌的一年。這是一段豐富、驚險刺激的年代，海洋國家的挑戰早已流淌在我們的血液中。

　　身為文化的一份子，我們始終期望人們更深入地瞭解和掌握自己的文化脈絡，以臺灣的戲曲形式，跨足不同劇種、門派的團隊，致力演繹一齣臺灣歷史上最宏偉的故事。

這部劇，將向觀眾及讀者們展現我們的先人是如何在環境中塑造大員，最終成為今日的臺灣。

在此，我要由衷感謝所有參與的人，特別是李小平導演、施如芳與蔡逸璇兩位編劇，歷史基礎的戲劇製作是多麼不容易。感謝林茂賢總顧問、王家祥、江樹生、李淑芬、吳密察、段洪坤、翁佳音、許耿修、康培德、張隆志多位顧問們的幫助下，不到十個月的時間完成了這個劇本。感謝所有國家級團隊的參與，以及所有幕前、幕後的英雄。

更要特別感謝孫翠鳳老師和唐美雲老師的參與，一場世紀同臺的盛宴，一場百年歷史的大戲。以及二十一位星光閃閃的演員，包括戲曲學院在內的十三個各具特色的團隊，共同締造了這場難得一見的演出。

透過歌仔戲的演繹，融合現代表演藝術的燈光、舞臺設計，以及大型 LED 科技元素，我們將臺灣的故事推向國際舞臺。這部戲不僅是歌仔戲的進化，透過不同的表演形式，臺灣的故事因為自由創作的關係，它很有條件成為世界故事的一份子，也因為臺灣人珍惜、看重自己，產生屬於臺灣人的文化自信。

《1624》這齣大戲，帶動戲曲形式的創新，也對參與者的個別發展產生深遠的幫助。我們不僅希望創造出新的戲劇形式，也希望產生自己國家的文化內容，成為感人至深的戲劇。努力在這塊土地持續地進化，凸顯臺灣文化的獨特魅力。

《1624》這部劇本書，透過導演、兩位編劇及翁佳音

1624

老師、李旭彬老師的筆觸，述說著這齣戲從無到有、從歷史觀點建構到戲劇編排，如何讓這齣歌仔戲編織成引人入勝的歷史故事，彷彿帶領讀者回到與世界相遇的起點，引領讀者深入劇情的迷人世界。

　　書中也集結了 17 世紀的歷史文獻照、大戲主角劇照等圖像，為整部作品注入了生命力，打開通往臺灣歷史的大門，深刻而感人。本書特別收錄臺語文的完整劇本，套一句施如芳老師的話「歌仔戲的劇本，天生就長這樣」，用歌仔戲的母語，讓故事透過閱讀旅行到更遠的地方。

文化部部長

輯一

開演
之前

《1624》的歷史與戲劇

翁佳音

一

　　今年，2024 年，距離荷蘭聯合東印度公司在臺灣本島（Formosa）臺南安平（Teijouan／臺灣）「正式」築城的 1624 年，前後已歷經四百年。從歷史週年紀念（jubilee）角度來看，當然值得「慶祝」，今年中央，特別是臺南市將陸續推出「四百年」的相關活動，不奇怪。

　　四百週年祭的主旨，基本調調不外 1624 這年開始，幾座西洋式城堡興立，臺灣（Formosa）首次進入世界史視野、成為世界之島，隨後西班牙人另崎北部，臺灣被捲入歐亞貿易網絡中。當然，為了「客觀」，在陳述荷蘭、西班牙近代化經營與基督教宣教之餘，也會並陳臺灣被殖民的慘痛過往。總之，臺灣的世界性，尤其是原住民的歷史，似乎從 1624 年奠立。

　　當然這樣的史觀，並不是沒人質疑，稍後我會略提。學術界或一般人想法中，迄今多少仍瀰漫著荷蘭時代是臺灣史、是原住民「歷史時代」的開始，進而認為臺灣的海洋精神、精華，主要在荷蘭東印度公司（VOC）與海洋父子鄭芝龍、鄭成功身上。事實上，這種歷史觀的形成，與「臺灣四百史」被塑造幾乎同時，大約一百年前出版的連

雅堂《臺灣通史》，序言就明白指出「臺灣固無史也，荷人啟之，鄭氏作之，清代營之，開物成務，以立我丕基，至於今三百有餘年矣」，臺灣以前沒歷史，歷史是荷蘭人開啟的，歷史從 1624 銜接世界。

所以，選擇 1624 當記憶文化的一年，是有它一段時間的傳統，以及一定的學術研究累積，並非隨興而來。我認為，不管贊成或反對用本年當座標，也許可藉今年長達一年的歷史記憶活動中，再來深度思考長期以來存在卻被忽略的臺灣史明與暗兩面，尋求有自我主體立場的對話，用以淬煉眾人共有之具意義歷史記憶，以及日後能再出現更美滿的歷史週年紀念。

二

劇作家施如芳與團隊來找吳密察教授與我討論時，我這邊的意見是建議如芳不妨從現代海量的研究專書論文中解放，回到文學戲劇原創性來感動閱聽大眾，觸動他們認真思考歷史與個人、國家之間的趣味／利害關係，而不是只將學術界研究出來的歷史人物戲劇化。為了讓如芳與團隊釋懷，我還不惜說些歷史學界的「壞話」，譬如最近幾年有些地方政府也進行「新竹三百年」、「彰化建城三百年」，甚至是雲林的「顏思齊 1623 年」，尤其是最後的著名人物顏思齊（Pedro Chino），據說是被學術原因下架，因有些人認為顏思齊與李旦（Captain China）是同一人，或認為江日昇《臺灣外記》是小說體裁，可信度低，但此

〈熱蘭遮城圖〉，收錄於 1644 年《荷蘭東印度公司的起源與發展》。
（圖片授權／國立臺灣歷史博物館）

〈大員熱蘭遮城與市鎮圖〉，收錄於 1670 年《第二、三次荷蘭東印度公司使節出使大清帝國記》。（圖片授權／國立臺灣歷史博物館）

1624

書以前確有「以閩人說閩事……迥異於稗官小說，信足備國史採擇焉」的積極評價！顯然現代學界也有偏執一面。

學界的偏執，與連雅堂一樣，忽略中外文獻都很清楚講 16 世紀中葉以後，由於嘉靖大倭寇之亂，臺灣本島南北分別被介入，「歷史」就不止四百年了。1582 年，一艘澳門出發的東亞傳統篷船（junk）因暴風雨擱淺於北部臺灣（傳統認為是在臺南擱淺，背景知識是臺灣歷史從臺南開始；若從文獻所記原住民語言以及歷來閩粵赴日本船難多發生於北部，現代西班牙學者研究應可信），使 Formosa 之島明白呈現於世人眼中（天主教耶穌會士利瑪竇的著作中就提到此事）。1603 年，中方著名的文獻〈東番記〉，也粗淺勾勒出全島原住民歷史與現實狀況，還說：「嘉靖末，遭倭焚掠，迺避居山。倭鳥銃長技，東番獨恃鏢，故弗格。居山後，始通中國，今則日盛」，原住民用鏢矛抵抗「倭寇」的鳥銃，原來槍砲聲早在 1624 年荷蘭東印度公司來臺之前已響起。

其他學術界忽略的歷史故事，諸如只將臺南與世界連接起來，那澎湖、金門以及烏坵等等海上重要中介站的離島豈不是被排斥在外？臺灣史一樣犯了中國中原中心毛病，只專注於本島歷史等等。這些只是細節瑣碎事，1624年的歷史記憶還有以下幾個仍未進行歷史學釐清的歷史「事實」。

（一）四百週年祭中有個主要靈魂，即海洋史觀。然而，我們講海洋史、講海洋開放，中國也講海洋史，講一

帶一路，講海外的鄭和式「和平影響力」，兩者要不要區別？這很現實。至少，包括鄭成功在內的海洋故事，是有中國皇朝成群水師要追緝、殲滅，要被「海疆澄靜」的壞人角色，臺、中兩地歷史研究者對這方面的敘述與解釋，會不會有矛盾？還有個更趣味的名詞認知問題，「海洋史」是英語 history of maritime 的中文翻譯，與航海、海事歷史有關。有趣的是，臺語或閩南語裡，「海洋」一詞主要是在講討海的海賊、海盜，《臺日大詞典》或《廈英大辭典》，就收錄有「投海洋」、「做十三年海洋」詞條，都是指落海幹起搶劫的海盜。既然臺語的「海洋」有海賊要義，只講 1624 年以後的鄭家父子，這樣的海洋是不是不夠開放？

（二）講世界性、國際性，鄭成功的「中日血統」一直是學術界喜歡研究與強調的選項。問題是中方文獻說鄭成功媽媽姓「翁」，外公叫「翁翊皇」，不是日本姓田川。學術研究通常有目的性與選擇性，而忽略另外合理的可能。一本大約 1886 年出版的日文歷史小說《鄭森偉傳明清軍談》[1] 竟然直接寫「鄭森（鄭成功）的爸爸，是明朝的『芝龍』，媽媽是日本長崎『丸山乃遊君』」，丸山乃遊君，用白話文說，就是長崎妓女戶的妓女。也許這個資料很多人會反感，可是還蠻合乎現實世界，中方文獻說日本「……姦禁甚嚴。為妓者皆唐人所生女也，別為籍以居之」（周凱《廈門志》），長崎妓女戶（丸山遊廓）是「唐人」所生，

---

1 一名國姓爺忠義傳。

血統 pure Chinese 的可能性不能排除。寫到這裡，究竟是「小說」還是「學術論文」可表現日常真實？顯然難以遽下斷語。

（三）如芳一開始劇本原想參考某文學、歷史寫作名人的《不一樣的中國史》用「海上傭兵」來當故事主軸之一，該名作家認為海上傭兵由李旦開創，鄭芝龍繼承，「他們曾先後是東印度公司與明帝國的傭兵」，具備多語能力、商業國際性，可擺脫政治臭「海外孤忠」角色……。我說此用意雖好，但「傭兵」在歷史學用語有一定定義，最好不要濫用。李、鄭是通譯，不是公司的戰鬥人員；明代兵制有「傭兵」一項？荷蘭文獻很少有華人當傭兵紀錄，大致是擔任船員、苦力與軍夫。更何況當時現實應該是：荷蘭人雖然「若華人與他夷爭，則為華人左祖」，但「與華人語，數侵華人」，「若輩牝雞耳譏其不善鬪」[2]，亦即當時荷蘭人雖然會幫助華人與其他「夷人（如西班牙）」吵架，但基本上還是言語上欺負華人，諷刺華人打架不行，是「弱雞」。這點，是我們往後繼續要講臺、荷關係時要注意的地方，不能過於一廂情願才好。

三

如芳似乎接受密察與我的建議，不再拘泥於學術論文所描繪出來的 1624 年歷史圖像，當然她也保留「恕難從

2　張燮，《東西洋考》卷六外紀考。

命」文藝創作者的風格，這也是我欣賞的地方。Ars longa, vita brevis. 藝術恆久長，人生或論文則如朝露短命。我雖非久在文壇，但看這本劇本文辭之美，劇情可搖動閱聽大眾，應該算成功之作。我曾跟如芳建議，能否盡量讓鄭氏父子退居幕後，當然我也知道這是強人之所難、故意與現行歷史圖像作對。其實，我的用意在於，若讓泉州南安鄭家父子不再貫穿前後時代全場，也許另外有意義的歷史角色會出現。

本劇中人物的設定，除了把總沈有容、陳第、福建巡撫熊文燦、鄭芝龍、鄭成功父子，以及日本人末次平藏、濱田彌兵衛、荷蘭人長官諾一知、西拉雅人新港頭目理加、新港少年大加弄、麻豆少年沙喃，名字可都是如假包換的現實人物。當然，人物言行，只能用後代作者的想像。鄭家父子之外，其實若仔細閱讀現行與新再出土的文獻史料，我們可以發現廣東潮州方面的海賊如林道乾、林鳳，尤其是後者，都已率船隊打到臺南新市一帶；林道乾來臺，各地如臺南、高雄，以及宜蘭，甚至彰化[3]的方志都有紀錄。

當時的倭寇、海賊與海上生意人，從族群出身來說，就像鄭成功的媽媽一樣，都還有得討論的空間。在臺灣（臺南），除了潮州人以外，有「純粹」日本人，也有荷蘭文獻上的 Japanese Chinese（在日華人）。中國海洋史欲追剿的倭寇，根據明朝人鄭曉《吾學編》，說：

---

3 《清一統志臺灣府》。

1624

自壬子（1552）倭奴入（浙江）黃岩，迄今十年，閩浙、江南、北廣東人皆從倭奴，大抵賊中皆華人，倭奴直十之一、二。

可見當時倭寇之亂，真正日本人很少，大部分是中國閩粵，以及浙江江蘇一帶人民，明鄭占據臺灣後，府城第一任漢人長官（偽府名承天府偽府官）顧礽（南金）就是浙江黃岩人。

來臺或涉臺華人，出身籍貫不要只放在泉州人，社會階級也不見得都是據稱是鄭芝龍用「三金一牛」誘惑來臺營生、開墾的低下普羅階級，時人徐學聚〈嘉靖東南平倭通錄〉指出：

自嘉靖元年罷市舶司，……時浙人通番皆自寧波、定海出洋，閩人通番皆自漳州、月港出洋，往往諸達官家為之，強截良賈貨物，驅令入舟。紈因上言：去外夷之盜易，去中國之盜難；去中國之盜易，去中國衣冠之盜難。

除了講出浙江、福建從哪些港口搭船來臺外，要特別注意的是當時官員亦坦白指出操縱東亞海域的那些人，是「諸達官家」，是「衣冠之盜」。所以，我們劇中若看到衣服錦繡華麗，有時不見得是戲服而已，現實情況不能說沒有。

總之，1624 年前後東亞海域掀起的波瀾萬丈中，我

《臺灣番社風俗》彩墨圖繪之九〈迎婦〉。　　（圖片授權／國立臺灣歷史博物館）

是期待著泉州鄭家父子找時間休息一下，讓其他另外宿命的角色，如林道乾、林鳳，甚至是荷蘭文獻高階非通譯的Hambuan（亨萬）、通譯又是大生意人的何斌老父出現，這樣，會不斷讓這劇情走到呂宋（菲律賓），走到咬留吧（印尼），臺灣是世界之島，才能更加突顯出來。

四

劇中人物，目前一般人比較不解的是頭家娘「印姐瓦定」，以及娶荷蘭長官的西拉雅族姑娘蒲嚕蝦，他們的事跡，我在大約 2006、2007 年前後，在好友東年擔任編輯的聯合報系的《歷史月刊》或演講中發表過，似乎網路可找

六十七繪，〈番社采風圖 捕鹿〉。
（圖片授權／國立臺灣歷史博物館）

六十七繪，〈番社采風圖 乘屋〉。
（圖片授權／國立臺灣歷史博物館）

得到相近的文章。我自己也打算利用時間修正結集出版，這裡就不多言。

不過，把頭家娘當成海賊，是荷蘭日誌中提到頭家娘的部下有海賊頭，可惜文獻我還是無法正確論定她的姓，以及前後任丈夫之姓。她住在臺南安平大概海山會館附近，後代應該會有部分人留在臺灣。我與如芳讓她給閱聽大眾往女海賊角色想像，應該是可行的方向。海賊都由男性霸占，不好。目前為人所熟悉的女海賊，似乎是香港影劇中的 19 世紀初鄭一嫂，她與廣東新會的張保仔有關係，張保仔的興起，根據文獻《靖海氛記》記載：

> 遇鄭一遊船至江門劫掠，保遂為所擄。鄭一見之，甚悅，令給事左右。
> 保聰慧，有口辨，且年少色美，鄭一嬖之，未幾陞為頭目。

故事與鄭芝龍「姣好色媚、愛之者非一商」而被海賊老大看上，終能出頭天有類似。鄭一嫂或許真的講粵語，照理說閩南語系既然男性賊眾，應該也不乏女海賊才合理。目前我所知道的，有兩例，一是徐芳烈《浙東紀略》言 1674（清康熙十三）年，有（文字經引用校正）：

> 阮姑娘，閩人，乃係孀婦，性最兇殘，亦帶水師寇吾營。此婦威猛莫倫，舉步如飛，遇夜恐人行刺，獨宿桅斗

之上。水戰時本婦輒為先鋒⋯⋯

婺婦通常是指寡婦，寡婦阮姓女海賊生性凶殘，我建議讀者有時不要只看字面，海上船隻風險大，安危常視船長能否果斷，也許果斷的快準狠，日久易被解釋為生性凶殘。俗語說「較狠海洋（比海盜還狠）」，多少在講海上冒險人的必須果斷的性格。阮寡婦海戰率船衝鋒陷陣，夜間睡在船桅頂端的桅斗上，這種鏡頭應該引人注目吧。

另一例是蔡牽老婆，她是泉人奴婢，勇而有謀，為其眾所服。文獻說她「寇劫海上，不殺商民，其黨獲婦女不敢犯者，婦之謀也」。1804年，蔡牽老婆甚至爬上船桅頭，親自向敵船拋擲火罐；「太守發大砲擊之，中賊婦胸乳迸□，北竄，創劇而斃」[4]。

怎樣，這一幕戲劇張力大不大？我願讀者在閱讀本書，以及觀賞名演員們演劇後，也許可把1624年的劇情，拉長拉遠，再創文學或歷史有意義之作品。

翁佳音，彰化二水人。現為中央研究院臺灣史研究所兼任研究員、國立政治大學臺灣史研究所、國立師範大學臺灣史研究所等多所大學兼任教授。專長16至18世紀臺灣史、東亞史、史學理論、歷史民俗學。著有《近代初期臺灣的海與事》、《荷蘭時代：臺灣史研究的連續性問題》、《大臺北古地圖考釋》等。

---

4 謝金鑾，《續修臺灣縣志》。

離散　在自己的土地上

李旭彬

一直無法決定開頭該怎麼寫，文章前幾行寫下去，觀察者座標與敘事方向就被錨定了。望著筆記本上羅列的數十個點，往四面八方發散卻也緊緊扣合在同一個點上：「我該怎麼決定我是誰？」作為一個五年級後段班的中年人，我的年輕歲月遇上了臺灣社會從軍事獨裁轉變成民主治理的過程，而我也扎實地身在其中。拜讀完《1624》劇本之後，回望自身，我正站在新世界的風頭浪尖。既然不知道怎麼有結構地下筆，那就來聊聊我從舊世界轉生到新世界的感想吧！

在自己的土地上離散

大學時歷經了野百合、環運與工運，最終放棄了國會助理的機會，長成了一個標準的社畜。念的是十大建設與新十大建設都需要的土木系，第一份工作是地質鑽探工程。因著大地工程的工作特性，開始會跑野外做現地鑽探。工作的流程就是攤開一幅又一幅的航測圖，將施工範圍、地籍圖、等高線與地質圖套疊上去。根據建築法規，在圖上選定一定數量的點位進行鑽探。鑽完之後回辦公室打開

取樣薄管的箱子，開始描繪地質剖面寫報告。

　　那是一個夏天的午後，老闆叫我隔天帶工班去汐止的樟樹路鑽探。到了現場架起鑽探機的三腳架不久，工班就與當地人天南地北聊了起來。休息的棚架旁邊有一塊板模搭起來的招牌，上面用紅色噴漆寫著「山光社區」。他們是來自花蓮光復以及玉里一帶北上討生活的 Pangcah，人數多了便在這裡落地生根組了青年會。生性嗜酒的我當晚便在社區的集會所喝了起來，酒過三更、身心俱啤的我們，因為年紀相仿相談甚歡，便開始敘述了他們在自己的土地上離散（diaspora）的過程。

　　「朋友，你們上學的課本很奇怪，風雨很大就不要出海啊！還有寫看魚的故事也是很可愛捏，那個魚是烤來吃的，不是用來看的！」山光社區的朋友對我說：「不好意思，我們老家變水泥廠了，沒辦法請你到家裡來玩。只好在哪個地方相遇，就在那個地方開始。真可惜啊，我也很會蓋房子呢！只是蓋的房子都給別人住了，沒辦法留下來給大家一起。」「我的朋友」我回答：「我覺得很丟臉，一直一直，你們才是原來我都不認識的我們。」

　　那天之後，我望著鏡子裡油頭發福的上班族一直問：我是誰？不久我便去了很多地方當義工，當中待最久的便是臺原文化基金會，以及山海文化雜誌社。這兩個地方將我從南京東路社畜改造成一直問問題的憤青，週末假日有活動就去參與，需要側拍紀錄就帶相機，打字、寫企畫、做田調、買酒、擋酒、載便當，卻也樂在其中！一切，只

為補修課本上沒有的臺灣學學分。

1994年車行往南橫，在23k路旁的「菜寮老君祠」停下，我開始了認識的第一步。同年，開始長期在臺北與臺南之間移動。1994年10月，已經隨著莫拉克消失的小林村，復辦了睽違數十年的祭典。在田野前輩的帶領之下，模模糊糊地做了一些記錄。連問題意識都還沒長出來的狀態下，眼前再熟悉不過的農村阿嬤阿伯，突然手牽手的唱起了完全不存在記憶中的曲調。鄉親們在小祠裡一樣是獻金紙、焚香祝禱，但卻有花環、豬頭骨，以及陶缸！習慣的主神、陪祀、虎爺、乩身呢？隨著公廨外的向竹立起之後，屬於在地的鄉愁聲響起，困惑整日的我嘗試著辨別，這是民謠、小調、哭腔，還是我們的歌？

同年順著老君、祀壺、檳榔、澤蘭葉的牽引，我來到了西拉雅的北界吉貝耍（Kabuasua），開始我第一個長期田野記錄的現場。吉貝耍位於現今的臺南市東山區東河里，最近的交通樞紐是新營火車站，騎摩托車約十五分鐘可以到達。中秋過後村裡逐漸鬧熱了起來，挑選好今年牽曲的少女之後，便開始練唱為今年的開向準備。小女生們吃完晚餐之後，一番嬉戲追逐與打鬧吵翻了寂靜的農村。曲師麗柳緩步走到庭中扯開嗓子便吼：「再不過來集合做三向，等一下阿立母生氣拿尪姨拐打人，別怪我沒先警告你們！」話音未落，李仁記著名的國罵便從遠方開火如連珠砲傳來。

「阿彬哪！你又閣來啊喔！」說罷，花衫口袋裡抽出最濃的七星遞給已經架好梯子，預定今天要拍攝高角度全

景的我：「來啦，食我的薰，予你年年賭。」右手拽著相機，左手還握著大型閃光燈的我歪著身子回說：「莫啦！我遮角度好，毋想要振動。」麗柳：「齁，阿彬吶，你好膽！阿立母給你的薰敢講毋要！」「袂要緊啦，等咧翕散再落來食。」李仁記回。自從來到這裡之後，每個月都會來找阿立母報到。田調新手遇上把記錄者當孫子的報導對象，才剛開

尪姨李仁記接受研究者及田野調查人員採訪錄音。

始學報導攝影的我，很快就把田野現場的各種守則拋到腦後。與阿立母的來往，一開始的目的是尋找一趟自己的旅程，後來成了回家。當造訪成為一個日常，田野再也不是誰的田野，成了生活的一部分。2001 年 2 月 8 日元宵節過後一天，李仁記與阿立母多借來的五年陽壽到期了，在自宅前庭跌倒後送醫不治享壽八十三歲。我唯一的田野現場畫上句點。隨著李仁記阿嬤的離世，追尋的旅程轉向了遙遠的他鄉。

我該怎麼決定我是誰？

帶著與阿嬤相處多年的疑問，我開始尋找許多的文

1. 小林公廨復辦夜祭，族親於公廨內獻金紙焚香祭拜，中為將軍柱，又稱為向柱，地上的陶缸為向缸（1994）。
2. 小林公廨復辦夜祭，於公廨外立向竹（1994）。
3. 小林公廨復辦夜祭，於公廨外由曲師帶唱（1994）。
4. 小林公廨復辦夜祭，小港車鼓陣獻藝（1994）。

（本文圖片提供／李旭彬）

| 1. | 2. | 3. |
| | | 4. |

獻，思考關於血統、親緣、氏族、部落，與國家之間的問題。我明明就在裡面，為什麼會活成了在外面？我在出生的地方長大，為何一直哼唱著離散的鄉愁？回想半個世紀前，我出生在〈女誡扇綺譚〉中大宅邸對面的巷子，現在住在西拉雅人稱為大員的那片異鄉人集居的沙洲。上小學的路途需要經過一座塗上柏油的黑色木橋，課本裡面有「風很大，爸爸出海打漁去」，也有綁辮子的小孩在河邊看魚的課文。課堂上老師會要你買不能當郵票用的紅十字郵票。國中的班導會挑選他心目中的好孩子填入黨申請書。全校前三十名才能越區報名去考建中，也只有他們的遊覽車有冷氣。高中上課時得從海邊喘吁吁地往上騎，踩過市區平交道來到竹園岡。教官不但會管你服裝儀容、鞋帶顏色，也會搜書包找課外讀物以及黨外雜誌。在豐富繁忙的大學人生中，民歌從唱自己的歌變成了大學城民歌比賽。在過去的這一個世紀當中，黑潮滾滾地將民謠愁成了〈月夜愁〉、詠成了〈軍夫の妻〉，晚來的少年將〈美麗島〉唱成了〈出塞曲〉。鄉韻在那已經失去的過去，認同是南山公墓層層疊疊的石碑與墓誌疊成的字謎。

「我該怎麼決定我是誰？」這個問題在不同的視角當中，有各自的詮釋。以當代國家的型態來思考，自然是以各國的國籍法作為最終的判定標準。那在國家之前呢？或者說在「被」成為國家之前的人們呢？歐亞貿易興起後，因為明朝禁海以及沿海的海盜猖獗，歐陸所需商貨由東南亞與東北亞的商隊們，各顯神通來滿足歐陸消費的需求。

臺灣、澎湖位於東亞三角貿易的節點，也成了必爭之地。飄洋過海而來的商人們，帶來了船堅砲利與殖民政權，也帶來了商業貿易與上帝。沒有國王？那我來當你們的領主吧！沒有地契？那我想蓋什麼也都可以吧！沒有貨幣、沒有信仰、沒有明確的領土與治理機制，那就叫你們是番吧！送走了金髮毛氈帽的，又來了長辮子的頂戴花翎，然後有軍帽、鋼盔、大盤帽，最後來了一堆小平頭。一個世紀過去了，這爿小島上的人越來越多，關於番的故事卻越來越少。不是他們不見了，而是漸漸的變成了「國家」的一部分。

　　在戰爭後的無聲戰爭中，原住民這一座島上的歷史被抹除。自從承接了鄰國內戰的結果之後，小島的命脈被換

吉貝耍哮海祭，少女走向採青（1996）。

上了新的虛構。所有的紀錄、書寫與詮釋的權利，順著記錄者的文化脈絡而定。而操持記錄工具的一方，使用自己的價值觀來貶抑被記錄的對象。從〈東番記〉、《熱蘭遮城日誌》、《裨海紀遊》、《臺海使槎錄》、《臺灣府志》，到日本時代鉅細靡遺的各種偏執狂式的紀錄與檔案，不同的書寫夾帶不同的史觀，也夾帶了殖民者自定義的歷史書寫。一直以來，我們只能經由旁人的書寫，來確定我們的存在。我們需要外部認可才能成為「臺灣之光」，我們需要認祖歸宗才能成為「真正的人」，彷彿這島上的山川河海、漫天樹靈，與勤奮的人群不曾存在。平原上較同時期他國先進的種植技術被記載成民不聊生，清氣的社寮被寫成衣不蔽體的化外之番。

吉貝耍夜祭，尪姨於點豬後附上七尺二白布，防其他神靈侵擾（1996）。

2023 年是我第二十八年回到吉貝耍開向的現場，阿嬤的老宅已經沒有人居住。在新營開服飾店的大姐，偶爾會回來看頭看尾順便打掃。每年依舊會有阿立母的信徒，將插著澤蘭、纏著紅線的白瓷瓶送回來老宅讓神力加持充一下電，今年的前庭比較鬧熱，信徒們擺了三檯酬神戲。相較於大公廨各式強調民族振興的活動比起來，稍顯寂寞。當年第一次進到老宅裡的時候，神桌上的一切讓我充滿了疑惑。正面是觀世音菩薩的畫像，前面有青瓷香爐，右邊放了許多青花白瓷瓶，瓶身一邊寫著太上李老君，另一邊寫著案祖大公界阿立母，以及一堆包葉檳榔。神桌旁的門邊掛了一只葫蘆，還有頂部圍了個小圓的藤條。就這一方小小的桌面上的謎團，在心裡困了數十載。想不通的不是每樣物件在人類學上的意義，而是我們如何長成桌面上充滿混雜（hybrid），但卻和諧成理所當然的樣子！

收回自己的離散

近代的國家借助了種族、宗教的力量，以虛構的民族主義來鞏固立國的正當性，促成許多以民族主義為核心的國族主義。而臺灣這座群山之島上最早的住民們，是以基本的型態自給自足、快樂生活的「簡單的人」，是以家庭、氏族，小型部落為主要生活型態。在有國家之前，在有人類學之前，在有被命名的族名之前，各氏族之間以河川、臺地、山稜線，或是溪谷為界，各部頭人以氏族的生存為最高

的目標,相互共生競合。交易雙方不管你來自異邦、海盜或是金毛,舉凡穀物、藍靛、鹿皮、玉石、硫礦,還是海鹽,以物易物誠信交流,南來北往互通有無。國家是什麼?是沙洲上那幫異鄉人的來處,還是貿易往來的拉幫結派?

每當選舉時刻到來,國家、民族、血統等等議題,不斷地被拿上檯面。三、四千年前乘著海流而來的人們,先來的在平地上拓墾,後到的沿河溯流,為自己的氏族尋一片家園美地,代代生湠。到了荷蘭末代總督揆一離開臺灣之前,臺灣的漢人人口經過數十年的打拚與成長後,也僅僅三萬不到。而在鄭氏兵團據臺之後,幾十萬世居在此的族群一瞬間捲入了另一個國家的皇族血統戰爭。逃避戰亂奔向新世界的難民們,帶來十方神佛與在地的族群們進進退退了幾個世紀,終於殺戮平息,成了我們現在的樣子。我們走過了噤聲不堪的血統競合的過程,巫、佛、道、鸞、天主、基督,再加上民間信仰,包容互助融成了阿嬤家神桌前的光景。我們的臉上有南島、漢、蒙、女真、中亞、荷、西等等各式人種的特徵,我們不需要假造純種證明,更不需要虛構民族與國族的想像。收回自己的離散(diaspora),才有可能成為「一起」。解開束縛,鬆開血緣式的綑綁,以地緣、同理、共感、認同做為「一起」的判別標準。

民族復振不該只是人類學與血緣的認同,也可以是生活的、文化的、地緣的、一起的。千百年來我們打過太多不屬於自己土地的戰爭,經歷過不同血統、種族與宗教之間的衝突。在這新世界到來的勢頭上,我們共同聚集,

以國家之名作為象徵與治理的手段，不需要虛構狹隘的國族。不再離散，我們的寬廣讓自己長成了最強的混血王子。尪姨家的神桌上，有最強的漢式神通，也有從身體裡長出來的祖靈阿立母。

《1624》裡最末一幕尪姨的合唱，使用的是閩南話變形而成的臺語：

> 翻轉受傷的皺褶
> 新的咱已經成形
> 內面有代代生湠的族群
> 飽滇的活氣，永恆的振動
> 阮是臺灣閃閃天星的夜空

吉貝耍婦女於曲師家前庭排練舊調。

血緣、血統如此混雜的我們，對於不同性別、宗教、文化、種族都有強大的包容與融合的能力。歷經長時間的殖民統治與國族主義的威權，我們沒有被擊倒，也沒有成為極端的另一邊。除了對於歷史的怨懟與控訴之外，我們更珍惜身邊的人們。同理、照應、馳援，伸出雙臂擁抱所有受難的人們。堅毅而溫柔的島民們信守對於祖靈的承諾，如海神般熾烈的溫柔在每個需要幫助的現場，聞聲救苦，相互扶持。最終凝聚成如今的臺灣，一片萬民之地。

我們走過了舊世界血統、國族的迷思，群山之島容下也融合了所有的我們。這片土地上留有這世上最完整的漢文化、藝術與思想。還有本來就在的，最多樣而且完整的南島語族文化、狩獵、祭儀、歌舞，以及與土地相處的哲學。我坐在大員運河旁的公寓裡，背景放著音樂串流軟體依照我的喜好所生成的播放清單，今天下午的古琴、南管之後接的是泰武古謠與林班歌。當下的臺灣已經來到了我們的新世界，一座群山之島，萬民之地。

Dec. 5th, 2023
寫於安平（aka. 大員）

李旭彬，出生、生活、創作於臺南市。視覺藝術創作者，海馬迴光畫館創辦人，眼睛不好的中年攝影大哥。創作上著重觀察者座標及反身性思考。喜歡寫字，常以影像與文字互為註釋的方法說故事。近年發覺對占臺灣七成的山坡及山岳感到陌生，所以常常去山上散步。對各種虛構的民族／國族主義感到困惑，喜歡自己混種的身分。

吉貝耍夜祭，少女牽曲前於大公廨獻檳榔後噴酒淨化。

吉貝耍少女於曲師家前庭排練新調。

導演的話

李小平

出事了，出大事了！

讀本開排時，面對天南地北會師來的各山頭藝術家，我不假思索地這麼噴口而出。《見城》起、到《船愛》以故事記錄城市榮耀後，迎來了《1624》，又出事了，而且是大事，那就讓事情大吧！

四百年，究竟有多遠？一切有多麼的可想，與不可想像，從歷史、語言、文化特質等，都有著既相仿、卻又有點陌生，值得我們重探的多角度面貌。

製作前期，多方徵詢了臺灣史學家、西拉雅學者、以及各有所長的不同師長們，爬梳歷史大脈絡——

在當年，有遠從荷蘭、因受商務利益引誘而來的商與官；鄰近的日本因某種策略考量，來到了這塊寶地；有明朝遺將，試著用這裡整軍待發；有明朝文人筆下的美好書寫——〈東番記〉；有官員們個人的作為、有夾縫中，徘徊在「商」與「盜」處境之間的鄭氏父子……

爬梳完歷史後，兩位編劇以「史」為依據，再以幽默又奇幻、帶著些許文氣的筆調來進行書寫；重理出的故事

小早川篤四郎繪。〈朱印船來臺貿易想像圖〉，出自1939年發行的《臺灣歷史畫帖》。
（圖片授權／國立臺灣歷史博物館）

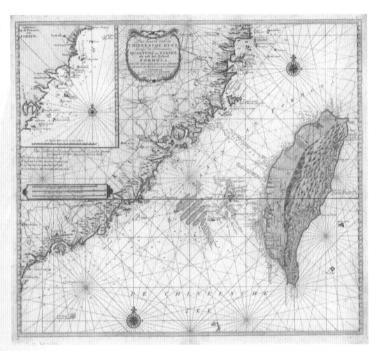

〈中國沿海地區海圖：廣東、福建與福爾摩沙島〉，18世紀銅版印刷海圖。根據17世紀荷蘭人的臺灣地圖繪制，呈現荷蘭統治時期的臺灣。

（圖片授權／國立臺灣歷史博物館）

脈絡大大激化了設計群，在視覺方面營造了我們因故事新想像出來的、臺灣當年可能的場景——有與此刻相仿，也有此刻無法想像的開闊。而故事中涉及了那麼多元多樣的族群，也必須是從《見城》起，就一起浸泡打仗這麼久、有強大默契的音樂創作者及高雄愛樂郭老師的指揮，才能有這樣的樂感，提煉煥生出既見證歷史又混雜對這方土地跟當代化思維的旋律。最後，再讓演員明星們帶著個人的魅力特質，依附角色走進歷史場景，帶我們尋索這個故事裡面一頁一頁的事件、一次一次的篇章。

過去的四百年與今天仍有諸多相似的場景，正印證著我們可以參照的未來。本就有樂觀天性的臺灣子民，也可以用這樣新的思維去看待當下的我們，抑或者未來的前景。

1624，它仍然是一幅美麗的風景，四百年的彩繪，有此刻的風貌。

李小平，導演作品橫跨戲曲、戲劇、音樂、藝陣、環境劇場、大型典禮。2011 年獲選為第十五屆國家文藝獎得主。代表作品包括：國光劇團《閻羅夢》、《金鎖記》、《快雪時晴》。朱宗慶打擊樂團《木蘭》，大型歌仔音樂劇《見城》、《船愛》等。

從海洋史觀鑿出力氣與自信

施如芳

約莫 1992 或 93 年，我參加過劉還月先生領隊的吉貝耍夜祭。後來，我就迷入戲曲幽徑了。

年過半百，驚覺自己跟臺灣有多不熟！那是 2017 年，我收三齣戲曲作品成書，發下要從古人古事的寫作「回到腳下」的願望，剛熟起來的編劇小友簡莉穎忽然傳《蘭人異聞錄》的連結給我，說她看這本漫畫才知道臺灣發生過「濱田彌兵衛事件」——其實 2015 年課綱抗爭中，這事件成為焦點事例——除了相信我能駕馭這題材，她說「如果寫成歌仔戲會很有趣」。

乖乖！因為想寫好臺灣，當時正準備和最愛的戲曲拉開一點距離呢。再說，荷蘭人和日本人為了他們的利益幹了一架干臺灣什麼事？這個事件臺灣人在哪裡呢？我真心困惑，很快也把此事拋至腦後。

一轉眼來到 2023 年。就在我三齣深涉臺灣的新作要相繼登場前，國立傳統藝術中心來邀請我創作《1624》，既定前提是——

2024 年 2 月。在臺南首演。戶外演出。歌仔戲團當家演員們擔綱主演。

Deadline 迫在眉梢，命題者並不一語道破，我久久摸

不著頭緒，雖說這些年寫臺灣頗為盡興，知識上也有些長進，但「1624」像魔術數字，到底是要說什麼？一開始自顧自地焦慮：怎麼可能！我怎麼可能來得及解讀四百年前的臺灣，得出足夠的感悟來編故事啊？

先說結論。走著，寫著，竟就寫到了「濱田彌兵衛事件」！帶著對臺灣全新的感覺結構，我竟就這麼走回到戲曲。交出劇本後，我在李旭彬先生接引下，今年第二次參加吉貝耍夜祭，向西拉雅祖靈稟告《1624》之事。

生命為你準備好一切，該你遇到的，躲不掉。

吉光片羽為眾名角設戲

話說回來，《1624》到底要說什麼？

出動國家級力量製作歌仔音樂劇，不可能只為提供民眾一夜熱鬧歡娛，必定有宏觀的企圖心，想在臺灣再一次為世界所矚目的全球化地緣政治新局勢中，從 2024 年回顧 1624 年，從荷蘭東印度公司在安平起造熱蘭遮城，臺灣第一次進入世界史視野的時刻，試看 17 世紀的臺灣經驗，是否能提煉出對應當今局勢的歷史智慧？

對殖民歷史有概念的人很快就拷問我：外來統治，跨國殖民，歷史的背後血淚斑斑，如今連荷蘭都用具體行動在反省當年海外殖民的歷史正義了，我們臺灣，在荷蘭之後一再歷經多數人被少數人統治、身上留有多道陰影的臺灣，何以要大張旗鼓地述說被殖民的痛史呢？

濱田彌兵衛事件版畫，出自瓦楞汀著《新舊東印度誌》第四冊。
（圖片提供／國立臺灣歷史博物館）

1624

〈熱蘭遮城圖〉，收錄於 1644 年《荷蘭聯合東印度公司的起源與發展》。
（圖片授權／國立臺灣歷史博物館）

戲曲「合歌舞以演故事」，唱念作打的形式有高度娛樂性，我從不會想拿它搬演歷史現場，遑論追討沉甸甸一言難盡的歷史正義。沒想逃避什麼。《1624》以歌仔戲為載體，戶外匯演，一舉囊括北中南歌仔戲眾名角，我原本就不打算設計讓觀眾有強烈情感投射的情節，我全心意琢磨的是：自成宇宙的角兒要瓜分兩個多小時的戲，較量出一晚上的光和熱，每人只能拿住一塊（極可能是跳躍不連貫的）碎片，我得靠人設讓他們帶動機邏輯上場，每一碎片有或內或外的衝突，除了接地氣，也才顯得出角兒的「分」。

　　而整體合起來看，有識者會看到若有所思的主題和歷史詮釋。

從考慮改編到決定原創

　　我帶著說不完的困惑胡寫構想。動筆之初，囫圇吞棗讀學術性專書，茫茫知識海，越泅越迷惘。像一塊浮木撐住我的，是王家祥先生的《倒風內海》，描述麻豆社的少年獵人遭遇外來的荷蘭人、漢人，開展出含帶利害關係的友情，和一段唏噓無望的愛情。《倒》符合《1624》時空，有戲劇所需的人物、事件和場景，我為自己壯膽說：若來不及編故事，至少能改編好小說讓歌仔戲表現。但立刻也就想到，魏德聖導演十年前就把《倒》改編成劇本，電影雖未如願完成，但「臺灣三部曲」的巨構高標立在那裡，

我們準備一年不到，如何能及魏導十年功？

《1624》劇組配備有最強顧問團，我拿著幾版大綱請益，受啟發甚多，於此謹記一二，感念顧問陪伴的過程。

中研院臺史所荷蘭治臺史的大前輩翁佳音老師說，以《1624》為劇名，若意在詮釋「荷蘭治理臺灣」，主戲的場域，應選臨近臺江內海的新港社，而不是位於內陸的麻豆社。

破題之開宗明義，加上上述名角陣容需要碎片化情節，所以放棄改編，只採取麻豆少年的名字，以及「因父母違背習俗生下他，尪姨預言他將看到西拉雅土地被海上來的人搶走」的人設，但我必須說，因為以《倒風內海》為靈感來源，錨定沙喃及其背後的父母和尪姨，「西拉雅」得以自始至終穩穩地立定主角的地位。

《1624》借取的文學養分，除了《倒》，還有胡長松先生的《復活的人》，本劇尾聲的大合唱化用自這部深刻精彩的臺語文小說。感謝小說家在臺灣土地的文史被漠視的時候，一棒接一棒地從事「西拉雅」書寫，是文學創作賦予最真實的土地情感，《1624》才有底氣延伸出西拉雅人的大航海情節。

「鄭成功若不是死得早，他會去打菲律賓，未必留在臺灣」，拜訪師大臺史所所長康培德教授時，他畫著海陸移動路線，以海洋陸地思維的差異，當頭震撼我們。他期許《1624》能跟上當前的新史觀，不要過度強調原住民天真純潔，從人性角度，「現在的人會怎麼做，當時的人就

會怎麼做」，族群的生態，是長時間適應地理水土造成的結果，西拉雅在當時擁有在地主場的優勢，遇到生存競爭，自會展現本能與鬥志，「要相信臺灣人有合縱連橫的好手段」。

東亞大航海脈絡的三觀

為了轉動海陸場景，也為拉近與現代人的距離，我試過多個版本的「串場人」，例如西拉雅背景、專治荷蘭史的女性學者，自封為「老番」專治荷蘭史的男性學者（被翁老師悍然否決），中學生研讀臺灣史時被女海賊的靈魂上身……等等。最後拍板入戲的是取名 Gameboy 的男學生，Gameboy 正在玩一款闖關遊戲，在虛擬實境做選擇，與 17 世紀的人互動。落選的女海盜，後來在翁佳音老師挹注「印姐瓦定」（Injey Wattingh）的史料後，重新改裝成「領導船隊直嗆鄭芝龍的頭家娘」。

翁老師年少有文學之志，戲稱做歷史研究是誤入歧途，他使勁地鼓吹我們大膽「解放」歷史，期許本劇寫出臺灣／東亞的主體性，讓人見識一下海上人群的複雜程度和移動能力，每當我們露出一點想像力的端倪，他都會歡欣鼓舞地追上來補充史料，如福爾摩沙人被黑潮一路沖到日本，又如原住民與荷蘭混血的後裔變成水手跑到阿姆斯特丹去，有憑有據的史料，一次次地打開編劇的眼界，打破戲曲人的儒家文化價值觀。

從這個大方向沉浸一段時日後，我和共同編劇蔡逸璇開始有真正的靈感，能夠在細節裡注入動態的海洋史觀，也在這個階段，我直覺地拈出三觀做為寫作準則——

生命觀：多元生命充分綻放
世界觀：生命吃生命，當下接受臣服
價值觀：對受辱生命的理解與包容

歷史人物交織虛構角色

翁老師曾半戲謔半較真說，這次別再寫鄭芝龍、鄭成功了好不好？這點恕難從命。鄭芝龍時逢東亞海上的全盛期，鄭成功日後打敗荷蘭人、入主臺灣，鄭氏父子是渾然天成的箭垛式人物，戲曲演漢人，形象作表駕輕就熟，沒道理讓他們缺席。但，有別於以往一筆斷定海外孤忠的刻板描寫，《1624》認知到鄭芝龍遊走於日本人、歐洲人和明國人的複雜性，父子倆一脈相承，實是海商／海盜一體兩面的絕佳範型；除了鄭氏父子，本劇還有沙喃母子，從親情互動微觀之，可對比出漢人是父系社會，西拉雅則是母系社會。

翁老師鼓勵寫「官銜只到千總，卻被尊稱將軍」的好官沈有容；沿著沈有容，我們發現了陳第。1603 年沈有容奉旨打海寇，遇颱風漂到臺灣，隨他出海征戰的陳第，因而寫下臺灣最古早且詳實可信的踏查紀錄〈東番記〉。《1624》以「東亞的大航海」為脈絡，這段歷史時空一般

人非常陌生，沈有容、陳第這條線索，恰好是戲曲較熟習的漢人視角，我們以之為前導，引領觀眾進入 17 世紀臺灣海陸交會的歷史時刻。

因為歌仔戲演生旦戲有優勢，想寫西拉雅的婚戀習俗，翁老師就提供大文〈臺南姑娘「娶」荷蘭臺灣長官〉。這是我第一次讀諾一知（Pieter Nuyts，1598-1655）的史料，繼而發現他竟是「濱田彌兵衛事件」發生時的臺灣長官，在事件之前，他去日本求見幕府將軍未果，事件之後，他為維護荷蘭利益，設計鄭芝龍登艦，強迫他確認貿易夥伴關係。臺灣有過這麼一個在臺灣任職短短兩年招惹這麼多是非的長官，我從來不知道！當史哲部長在某次會議中說，本劇有歌仔戲兩大天王的世紀同臺，「孫翠鳳飾演鄭芝龍，唐美雲就應該飾演最應題的荷蘭人」，我當下確定，諾一知將順天應時變成閃亮亮的「大咖」，一切都是剛剛好。

《1624》有名有姓的漢人、日本人、荷蘭人，皆有史料可考。日本船長濱田彌兵衛在熱蘭遮城綁架荷蘭籍臺灣長官，即「濱田彌兵衛事件」，在日本史上直接稱為「臺灣事件」。鄭成功打退荷蘭人後，將熱蘭遮城改稱安平鎮來居住，而後日本統治臺灣，在熱蘭遮城旁，以濱田彌兵衛之名樹立該事件的紀念碑，等國民政府統治臺灣，又剔除原碑文，改題為「安平古堡」，這些過程，讓我們看到統治臺灣的政權對歷史話語權的掌控。

歷史學者鄭維中把 1624 年稱為「臺灣無國家時期的

結束，原住民文字時代的開始」。西拉雅因為缺乏文字紀錄，少年沙喃、大加弄有賴於虛構創造，名字於史有據的，是新港長老理加（Dijka），他被濱田彌兵衛設計去面見將軍，成為史上第一個也是唯一一個，以臺灣主人身分出席國際場合的原住民。理加獻地圖給幕府將軍，並未換得日本的保護，但根據美國學者歐陽泰的研究，「日本行」引發後續效應，如西拉雅各庄團結起來，跑去熱蘭遮城爭取權益，如理加遭諾一知關押的前後，新港人為他做出種種辯解。基於此，我們放膽將理加的形象立體化，成為臺灣

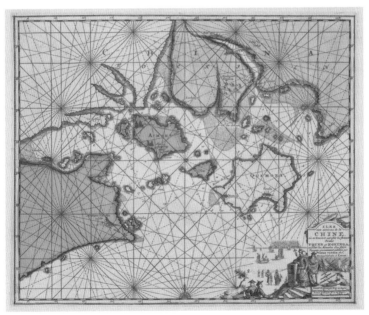

1727 年，Pitter van der Aa 所繪〈著名海盜一官與國姓爺所據的中國沿岸島嶼〉地圖。
（圖片授權／國立臺灣歷史博物館）

〈荷蘭人在福建漳州沿海遭遇抵抗圖〉，收錄於 1726 年《新舊東印度誌》。
（圖片授權／國立臺灣歷史博物館）

長者的象徵：幽默健朗，深謀遠慮，自知處弱不能強攻，靠智慧處世應變，善於尋找結盟者來保護臺灣。

　　《1624》寫到底，為六年前懵懂於「濱田彌兵衛事件」臺灣人位置在哪裡的自己解了惑，直接呼應曹永和教授在1980 年代就提出的「臺灣島史觀」：「以時間為座標，以生息於臺灣的人民為主體。從史前時代一直到現代，不同的族群在不同的時期來到臺灣、在臺灣所創造的歷史都是臺灣史。」

近看是悲劇　遠看是喜劇

　　善述身世，因如實而得自由，因自由而壯闊雄渾。

　　臺灣處於東亞第一島鏈核心的位置，從 1624 年與世界相遇之後，命運經常不在自己的手裡。此時此刻，當臺灣再一次被世界看見，我們意識到生而為島，注定是多元文化的匯聚點，島國審時度勢，要從海洋的眼光認識自己，看懂海洋不是阻絕，而是連結，要選擇和自己認同的文明價值結盟，從瞬息萬變的未知看到可能，而不是恐懼。

　　卓別林有句名言：「人生近看是悲劇，遠看是喜劇。」歷史何嘗不是這樣？寫戲是在寫人，所以，藉「獵鹿人和

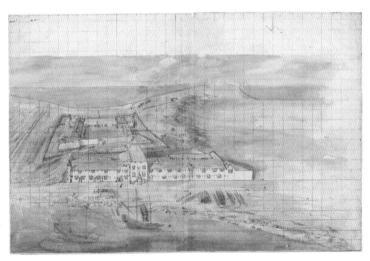

1635 年，〈熱蘭遮城與長官官邸鳥瞰圖〉。
　　　（圖片來源／荷蘭國家檔案館 NATIONAAL ARCHIEF 4.VELH 619.118.）

梅花鹿」注入神話的意蘊，從歷史的高度，遠觀各村社族群因為拼鬥競爭而蓄積的仇恨。戲裡戲外，活下去是唯一的正當性，臺灣人要活靈活現，昂首活著，需要好多好多力氣。生存實境由不得你，活在兵家必爭之地，《1624》選擇不悲嘆，不哀鳴，只管從敘事裡鑿出力量的活泉──

「想要燦爛，就要被看見；要被看見，就是接受自己成為獵物。」

獵人與獵物，恆是饒富興味的辯證關係。

施如芳，供職臺大戲劇系，把戲裡世界過得比日常生活大，被題材領著跨越邊界極限，冶異質創意、文化深意於一劇之本，誘發出新穎的劇場形式，戲曲作品有《快雪時晴》、《燕歌行》、《花嫁巫娘》二十餘部，被王德威譽為「當代臺灣戲曲的最佳詮釋者」，近年想方設法寫臺灣來認識自己，作品有：寫霧峰林家、林獻堂客死方歸鄉的《當迷霧漸散》；藉陳澄波妻女、朋友展演一頁時代意志的《藏畫》；入選三館共製計畫，以地理寫歷史命運的臺灣當代神話《鯨之嶋》；2023 年 TIFA 節目，以女團極寫 1920 年代精彩絕豔的《阮是廖添丁》。

參考書目

翁佳音〈海上鬼怪奇談與泄尿婆〉《近代初期臺灣的海與事》

　　　〈臺南姑娘「娶」荷蘭臺灣長官〉《歷史月刊》

　　　〈頭家娘：臺灣最初的女性大商人〉

周婉窈《少年臺灣史》

鄭維中《海上傭兵：十七世紀東亞海域的戰爭、貿易與海上劫掠》

　　　《島嶼歷史超展開：十七世紀東亞海域的人們與臺灣》

歐陽泰《福爾摩沙如何變成臺灣府》

羽田正《東印度公司與亞洲的海洋》

甘為霖《荷蘭時代的福爾摩沙》

Kinono 漫畫《蘭人異聞錄》

葉石濤《西拉雅末裔潘銀花》

王家祥《倒風內海》

胡長松《復活的人》

平路《東方之東》

學做臺灣人

蔡逸璇

　　身為大家口中的六、七年級交界，我並未趕上初代
臺灣史地教科書《認識臺灣》。相信大多數人也和我一
樣，一旦過了中學時期，若不是大學對通識學分的要求，
成為社會人之後，恐怕很難再有擴充腦內那張臺灣地圖、
那本歷史課本的契機。而我和大多數人不同的地方，只是
多了一個歌仔戲劇本創作者的身分。在考察傳統劇目的時
候，總是會隱隱感覺到某種程度的違和，或像蒙上一層玻
璃紙，雖然閃閃動人卻又看不清正體。包括清領、日治等
時期的臺灣民間故事如《林投姐》、社會事件如《運河奇
案》，故事性及戲劇性強烈，對於那個時代的人事時地物
描寫，卻多數曖昧不明，並未突顯時代性。當然，這並非
歌仔戲做為大眾戲劇所追求的目標，只是一個創作者私心
期待的面向，一種奢侈的想望。而真正驚覺自己對臺灣認
識的貧乏，是從試圖開發新題材的時候開始。

　　如何以當代眼光書寫傳統戲曲，已經是這個時代的共
識，我也做過許多嘗試，在近期創作中除了時間點明確的
《趙氏孤女》，幾乎多以架空的「泛古代」做為時代設定，
包括《棄老山傳奇》、《文武天香》、《紅喙鬚的少女》。
藉虛構的古代人之口，偷渡當代人的思考，當然是創作的

方式之一，但最重要的原因是，拿著自己腦中的那張臺灣地圖，或那本歷史課本，已經不足以讓現在的我，理解過去的臺灣，以及從過去的臺灣，不斷延展、擴充、生淶至今的臺灣人的心。如果不想再繼續迷路，就如同 google 地圖，必須不能斷線地一直更新下去。

　　這時候，《1624》出現了，然而它是一段我全然陌生的歷史，書寫過程也像是一段大航海，一邊更新手邊的海圖，一邊抱著羅盤尋找方向，永遠不知道下一刻會發現什麼，眼前的所有都是新事物，驚喜、驚奇又驚慌，不斷交錯著前進。非常幸運地，像是回到研究生時期，跟著施如芳老師上了一門研究指導課。如何從史料、軼聞、各家推論中，發掘、提煉素材，形成適合搬上舞臺的主架構，再於其上編織出兼具戲劇性與時代性的線條與色彩。這是目前為止，我的腦內史地更新數據量最大的一次。

　　更新的不只是年代、事件等等資料，更有如何看待歷史的視角。例如，新港長老理加遠渡日本江戶晉見德川將軍，要以福爾摩沙王之姿獻臺灣地圖，以換取日本勢力抗衡荷蘭東印度公司對西拉雅人的種種管制措施。而事件最後，德川將軍並未收下地圖。我心想，如同三幕劇只演了第一、第二幕，該如何看待這一次行動？如何將它寫進劇本？此時，施如芳老師提示了關鍵的視角，即使行動沒有結果，卻是西拉雅人首次以臺灣主體出現在國際談判場上，這才是意義所在。我突然感受到，歷史上像這樣沒有結果的事件，又豈止一件兩件？留在教科書或維基百科的

立典契人蔴荳社番法大羅有承祖業園少用⋯⋯
至崙訊園比室⋯⋯
⋯⋯行遍園至明白四甲今問⋯⋯費用先給問番親人⋯⋯
⋯⋯三面言議典過清水劍銀⋯⋯佰⋯⋯員足收銀即日⋯⋯
⋯⋯保此園果係是大羅承⋯⋯親人等⋯⋯無⋯⋯
⋯⋯此園自出頭根當⋯⋯銀主⋯⋯
⋯⋯為碍寺情如有不明大羅自出頭根當⋯⋯
⋯⋯典園可隨至火灾⋯⋯園不付銀主仍前⋯⋯
⋯⋯恐無憑銀可隨及火灾所園不付銀主仍前管業⋯⋯此係⋯⋯

乾隆⋯年拾貳月⋯⋯

知見人母丁⋯⋯

代書人⋯⋯

即日全收過典劍銀壹佰大員⋯⋯是實

Khian-long ⋯ nî Cha̍p jī goe̍h ⋯⋯

Pa̍t-jit ka goà góa ⋯ ikiam ⋯⋯

ni̍ lâu ⋯⋯
⋯⋯koàⁿ ⋯ ka góa góa ⋯ 30 ⋯⋯ tsut tstsì ⋯⋯

phah ni ⋯ Pâng-kàⁿ tì koaⁿ teⁿ ⋯ kun-ma̍k ⋯⋯
tsut toà ⋯ Pâng-kàⁿ tì koaⁿ teⁿ ⋯⋯
tsut toà ⋯ kaⁿ-mâⁿ ⋯⋯ kaⁿ-àⁿ ⋯ ka zì ⋯⋯
cì ⋯ tunk ti ⋯ ⋯ ka o-mâ ⋯⋯
⋯⋯ kaⁿ-àⁿ ka o-mâⁿ ⋯ kaⁿ-àⁿ ti tò-tò-ma
koⁿ-ma ⋯⋯
tama ti ⋯ ng ka o-mâⁿ tì ti tongaⁿ ⋯⋯
koⁿ ti bo ⋯ ng ka o-mâⁿ ⋯⋯

Bo-lat kat ⋯ 1070 tai ⋯⋯
an ⋯⋯ iot ti ⋯ ⋯ i ⋯⋯
⋯⋯
Vikan lien ⋯⋯
ye an kì à ⋯⋯

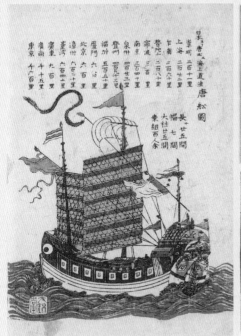

1. 1763年，蘇荳社番民大羅典賣土地契字新港文書。　（圖片授權／國立臺灣歷史博物館）

2. 長崎繪〈唐船圖〉。　（圖片授權／國立臺灣歷史博物館）

3. 1670年〈福爾摩沙人〉插圖，荷蘭畫家所繪，收錄於《第二、三次荷蘭東印度公司使節出使大清帝國記》德文版。　（圖片授權／國立臺灣歷史博物館）

4. 1670年漢人來臺屯墾的聚落。荷蘭畫家所繪，收錄於《第二、三次荷蘭東印度公司使節出使大清帝國記》德文版。　（圖片授權／國立臺灣歷史博物館）

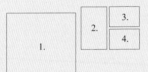

紀錄，是結束之後書寫的結果。但大部分的歷史，就如同我們當下經歷的每一天，大多數並沒有結果，每一次未果的行動，卻在不知不覺中造就日後的我們。

　　歌仔戲做為一種大眾戲劇，要談歷史反而不是件容易的事情。因歌仔戲做為戲曲，從語言到表演，有其格式與格律，要呈現四百年前的臺灣，即使以寫實戲劇表現也不容易。例如當時西拉雅人簡單的服裝，多半上身裸露，在戲曲舞臺上便難以寫實，只能寫意。《1624》除了要在一個晚上的演出時間內縱橫大歷史，我個人認為更大的挑戰，在於這一段歷史對大多數臺灣人來說相對陌生。而《1624》的優勢又在於集合臺灣各團歌仔戲名角與精銳，期盼藉著他們的號召力，成為觀眾進入這一段歷史的契機。當然，戲劇不等於歷史，身為編劇也擔心讓觀眾產生這樣的錯覺。即使盡力建構合乎大歷史的劇本，片頭依舊必須打上「本劇根據史實創作，戲劇情境與角色心境則有虛構成分」。若是觀眾在散戲之後，記得劇中的關鍵字，此後走一趟臺灣歷史博物館，或是閱讀一本相關書籍，才是本劇的下一波行動。

　　如何學做臺灣人，我們都還在路上，不論臺上臺下，不論戲裡戲外，必須一起前行。

強健善跑的西拉雅人形象，出自 17 世紀，賈斯帕司馬卡爾著《東西印度驚奇旅行記》。 （圖片授權／國立臺灣歷史博物館）

蔡逸璇，獨立創作編劇，臺語、華語雙軌創作。挽仙桃劇團藝術監督，臺灣師範大學臺灣語文學系兼任講師。以《文武天香》入圍第三十四屆傳藝金曲獎最佳編劇，該劇則獲年度最佳作品。入選國家文化藝術基金會創作補助、阮劇團劇本農場第五屆、大稻埕戲苑青年戲曲藝術節第九屆等。近作有：《紅喙鬚的少女》、《和合夢》、《文武天香》、《趙氏孤女》、《棄老山傳奇》。共同編劇有：歌仔戲《1624》、《國姓之鬼》、舞台劇《一封來自法庭的邀請函》、廣播劇《當代因果見聞錄》、電視劇《孟婆客棧》等。關注女性處境、性別框架、主體性（subjectivity）等主題。

輯二 — 登臺亮相

主要演員表

團隊名稱 （依筆劃排序）	演員	飾演角色
一心戲劇團	孫詩珮	沈有容
	孫詩詠	荷蘭人
明華園天字戲劇團	陳昭香	Hamada Yahyōe （濱田彌兵衛）
	吳奕萱	Takalang（大加弄）
	孫詩雯	Ilong（依瓏）
明華園戲劇總團	孫翠鳳	鄭芝龍
	陳昭婷	鄭森
秀琴歌劇團	米雪	傳教士
春美歌劇團	郭春美	Injey Wattingh （印姐瓦定）
	孫凱琳	Saran（沙喃）
唐美雲歌仔戲團	唐美雲	Nuyts（諾一知）
	小咪	Dijka（理加）
	許秀年	Dijka 妻
國光劇團	鄒慈愛	Suetsugu Heizō （末次平藏）
	黃宇琳	Poeloehee（蒲嚕蝦）
臺灣豫劇團	王海玲	尪姨
	劉建華	陳第
薪傳歌仔戲劇團	張孟逸	Saran 母親
	古翊汎	Saran 父親
鶯藝歌劇團	羅裕諒	熊文燦
特邀	周浚鵬	Gameboy

好戲／上場

（劇照依出場序編排）

尪姨

生死場上，強弱無常。
海上來的人，含帶土地失落的惡夢，
目睭金金絳，見證運命束縛的船帆。

王海玲

飾演

沙喃
Saran

披掛鯨骨來護身，海天茫茫常誓神，
世界搖晃浮塗動，獵鹿人變成行船人。

孫凱琳

飾演

Gameboy

也太逼真了吧，這遊戲，「1624」，酷！
就是愛勇敢，17世紀的臺灣才看會著、
摸會著啊，閣來！ Next ！

周浚鵬

飾演

1624

印姐瓦定

Injey Wattingh

郭春美

飾演

生理頭腦自由轉，海商事業我掌權，
荷蘭公司免恁管，海賊臭名濫糝傳。

鄭芝龍

東亞海上擂臺栽，港口通商圖利財，
明察風向轉瞬改，掌握先機狀元才。

孫翠鳳

飾演

1624

鄭芝龍：
無人佮意去予人叫做「賊」，
阿姊，我真欣賞你，
鄭氏令旗做你提去插，
插這枝就無人敢搶姊仔。

Injey Wattingh：
恁祖媽是刺查某、虎豹母，
你這枝我看是「捏驚死，放驚飛」，
啥人毋知影鄭芝龍連荷蘭人、
日本人指揮的船也敢搶！

陳第

存心觀海出書齋，披甲隨軍到天涯，
長老獻鹿兼送酒，遊歷桃源我難忘懷。

劉建華

飾演

沈有容

亂來，換旗是成何體統！
誓言漢賊不兩立，官船豈能插賊旗！

孫詩珮

飾演

1624

荷蘭人

亂操操，展一下仔火銃大炮，
人才會關注荷蘭東印度公司，準備……

孫詩詠

飾演

沙喃母親

尪姨咒讖猶在耳，情願母囝拆分離，
海上之人啥原理？放囝隨波看透機。

張孟逸

飾演

沙喃父親

古翊汎

飾演

獵場是咱的，第一寶貴是土地。
毋通予人教戀去，臺灣土地 Siraya 的，
是按怎主人咧納稅予人客？

1624

感謝 ama 勢拍獵。
勇士討掠、走傯在平林。

理加 Dijka

假眩激戀省冒險，佢才袂僥疑戒備嚴，
逢場作戲老經驗，投機結盟免過謙。

小咪

飾演

濱田彌兵衛

陳昭香

飾演

光榮責任我承擔，挺身抗爭顧尊嚴，
Samurai（武士）一身是膽，
決斷生死絕不糊含。

1624

末次平藏

軟塗深掘紅毛人，過路貨船抽稅銀，
設計刁難擋朱印，妄想鑿阮後跤筋。

鄒慈愛

飾演

諾一知
Nuyts

國際貿易濫政治，商場如戰場誰不知，
Trust me、trust me，我是上光彼粒星。

唐美雲

飾演

濱田彌兵衛：
Nuyts，恁共阮的萬擔生絲押牢咧，
閣共我關入監牢，
和我的船也共挽牢咧，
我濱田的損失，到遮來是歹計算。

Nuyts：
濱田，拐騙 Dijka 彼條我猶未佮你算，
你送個轉來的時，
船底竟然閣敢偷藏兵士佮武器？

Nuyts 親身下戰書，
鄭芝龍靠勢憑後嗣，
荷蘭人大船藏啥物，
行一逝虎山知蹺蹊。

大加弄
Takalang

未來親像海湧，
未曾未就沖過來，哪會赴想？

吳奕萱

飾演

依瓏
Ilong

日本荷蘭 Siraya，一頂銀冠三方贏，
阿立保庇誠有聖，愛情留踮新港遮。

孫詩雯

飾演

理加妻子

坐著賊船非叛國，糊里糊塗耳不聰，
誘拐強迫去朝貢，身不由己稱國王，
大人開恩真大量，阮若歡喜啊，
萬事就好參詳。

許秀年

飾演

理加：
我毋但見著大將軍，
閣通呈狀講問題，
對面談判，當面盤撋，
Siraya 一點仔攏袂失禮。

傳教士

受傷的蘆葦上帝無遏折，
海嶼聽候教示，
活氣傳予地上眾百姓。

米雪

飾演

1624

我的情郎真奢颺，心肝破開滿大埕，
阮的愛是用檳榔汁來寫。

蒲嚕蝦

Poeloehee

黃宇琳

飾演

Poeloehee：
入港隨灣入鄉得隨俗，
Siraya 的土地是查某囝的，
繼承後頭長屋的一切，
成雙成對你綴 Poeloehee。

熊文燦

海賊做久也會想欲收跤洗手，
我不如稟明皇上，
就請上大尾的鄭芝龍來替阮顧海防，
我就是這个主意！

羅裕諒

飾演

鄭森

聽風湧喝咻！看朝代變幻！
冒死求生路，精神代代傳，
鄭森隨機應萬變，
誰知他日過臺灣。

陳昭婷

飾演

鄭森：

Fukumatsu 我啊，拜別娘親倚阿爹，

對面無話、重逢顛倒驚。

鄭芝龍：

鄭森吾兒，欲得人間寶，

敢死才會活，海上之人對爹開破，

面前的海洋十分闊大，

咱心懷壯志，毋通保守在沿岸。

Takalang：

牽手你看，牧師教我寫這羅馬字，

有成咧畫圖無？

Ilong：

言語若風咧，Takalang，

這款字敢有影會當共咱所講的話記落來？

Gameboy：

耍到遮，海茫茫，一个人若孤島，感覺真孤單。

「1624」敢有組隊的選擇？

若有一个島、兩个島、三个島，排做島鏈，

後面有啥物魔王我嘛較袂驚！

Gameboy：

日頭赤焱焱，隨人顧性命，

誰欲予你綴，坐全隻船的朋友做伙，

就是咱三个，出 to the 發！Let's Go ！

翻轉受傷的皺褶，
新的咱已經成形，
內面有代代生湠的族群，
飽滇的活氣，
永恆的振動，
阮是臺灣閃閃天星的夜空。

幕後／製作

海浪鯨羽奇幻島

陳慧

　　海洋、島嶼的土地記憶串聯了四百年來臺灣島的歷史脈絡，多焦點式的共生與對峙，如主旋律般不間斷地出現在歷史命題中。初次閱讀《1624》的文本，編劇群穿越時空以 VR 遊戲的方式重新找尋這四百年屬於臺灣的定位，多視角觀察 17 世紀初這片土地上不同的聲音。

　　因應多焦點式的場域需求，舞臺配置上設計許多區塊能夠單獨聚焦，將不同部落族群的表演空間切分開；同時也保留大面積的空間提供大型海戰、群戲場景的調度。

　　大型舞臺正面的整體視覺，扣合海島元素，擷取了海浪與鯨羽意象，層疊出山海遠景；中景的大斜坡，既是山稜間的坡道也是船隻下岸的通道；左右兩旁的平臺空間則運用於建立各空間角色的層次上；前景的弧形舞臺取自港灣的意象，延伸的弧形空間分層向外擴散成為淺海與深海的區域。舞臺最前緣則橫跨一道弧形花道，像是潟湖外的水岸邊線包覆著樂團與表演空間，既是過道也是兩兵相交之處。前景、中景、遠景三個層次透過影像畫面與燈光的渲染，搭配演員與舞群服裝道具的動線調度，期待塑造一個屬於《1624》奇幻絢麗的視覺美學。

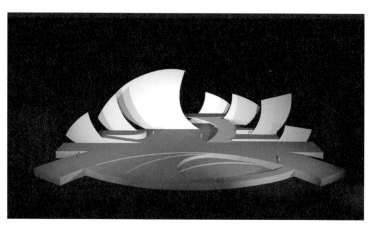

主舞臺意象。

陳慧，劇場舞臺設計／電影場景美術。紐約大學蒂許藝術學院劇場及電影設計研究所藝術碩士，國立臺灣大學戲劇系與戲劇研究所畢業。森慧集設計有限公司藝術總監暨負責人，授課於國立臺灣大學戲劇系。近年劇場舞臺設計：香港中樂團《月滿長生殿》；國光劇團《魔幻雙齣》；一心戲劇團《幻蘊迷宮》、《狩瘟殘書》；高雄春天藝術節《愛情靈藥》、《蝴蝶夫人》、《波希米亞人》、《卡門》；臺灣國樂團《馬偕情書》等。

重現海上艦隊的夜行光浪

車克謙

　　燈光設計是一門結合美學和科學的藝術領域，能夠在空蕩的場域之間，透過憑空想像，創造出各種數以百計的光源模擬。在我心中的《1624》，是一場富有歷史場景和文化融合的演出；它可以是航海人眼中那道指引水路的白皙光芒；也可能是深藍、琥珀和金黃，反映出海洋的神祕感和夕陽下的溫暖光線；抑或是夜空中的星光璀璨，同時也代表了暗夜蒼穹中的「星」海羅盤。

　　此外，沿著弧形舞臺前緣對稱排列的光束電腦燈，它的動態搖擺可以創造出彷彿海浪起伏的光影效果，抑或可以模擬猶如一支龐大的海上艦隊，透過萬丈光芒的排列組合形成一道道明亮的航行光線，使觀眾感受到當時航海船隊的宏偉規模。

　　我期待這次的設計，透過現代燈光技術的巧妙運用，打造一場充滿時代氛圍、文化深度和視覺衝擊的盛大演出。同時，將大航海時代的歷史情境與當代藝術完美融合，讓觀眾彷彿穿越時空，沉浸於獨特而難以忘懷的感官體驗之中。

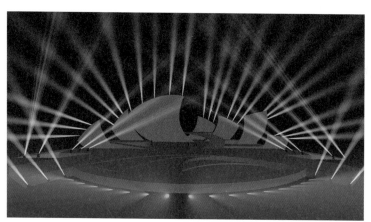

航海模式燈光示意圖。

車克謙，美國紐約市立大學布魯克林學院戲劇研究所（MFA）畢業，主修燈
光設計。目前於劇場及商業場專任燈光設計及規劃統籌工作，現任光創演繹
有限公司總監。劇場燈光設計作品有：2023 李國修紀念作品《京戲啟示錄》；
朱宗慶打擊樂團《木蘭》；臺灣國樂團《馬偕情書》；春河劇團《魔法阿媽》；
丁噹《搭錯車》音樂劇；國光劇團《十八羅漢圖》；明華園《濟公活佛之雪狐情》
等。大型活動燈光設計有：新北城市藝術節「共創之光——建築雷射聲光秀」；
臺灣燈會主燈大戲《船愛》（衛武營戶外劇場）等。

【影像】
在驚濤駭浪中前進

王奕盛

　　唐美雲歌仔戲團的年度公演《臥龍》臺詞中曾有一段唱詞寫道：「……這是一個最有希望，也令人絕望的亂世……如今這隻大船不知該航向何方……所有的時代都會成為過去……只能懷念永遠的彼日……」這段唱詞是如此直指人心，貼近於我們身處的這塊土地。

　　臺灣這艘大船正航行於驚濤駭浪中，稍有不慎即全軍覆沒，創作者能做的實在有限，只能透過參與此劇傳達綿薄信念，希望藉歷史的鏡子看清未來的道路，對著急速的火車吠上幾句肺腑之言。

　　往事已矣，不可改變，超越時空的高靈懷著慈悲的目光注視著一切，記錄的是她，經由無數次的輪迴，竟將歷史記錄寫成了寓言，她的手札記載著這塊土地上的花草樹木蟲鳴鳥獸，也記載著戰火撕裂天災人禍，充滿翻閱的痕跡，偶有幾頁似被火燒得焦黑，偶有幾處似有乾枯的血漬，更有幾頁文字不知被汗水或淚水暈染至難以閱讀。泛黃的紙像一張航海地圖，更像土地的顏色，這塊被海洋環繞的富饒土地，同時被海洋的柔情滋養，也被她的無情顛覆著命運。

臺灣這艘大船自 1624 至今駛了四百年，一切是如此得來不易，但願筆記本能繼續書寫下去，不要中斷，但願現在的驚濤駭浪只是未來回顧時的小小波動，可以成為樹下泡茶乘涼的茶餘飯後。但願船身越加堅固，盟友漸增，不求日日風平浪靜，但願平安渡過關關難關，吹著自由的海風，曬著希望的陽光，唱著想唱的歌。

　　往事已矣，不曾改變，但我們的未來還在書寫中，多麼得來不易，多麼需要珍惜。

王奕盛，國立藝術學院劇場設計系畢業，倫敦中央聖馬丁藝術暨設計學院新媒體藝術碩士。現任中國信託文教基金會董事、國立臺北藝術大學劇場設計系兼任助理教授。曾任 2022 臺灣燈會《武營晚點名——島嶼記憶‧光舟劇場》視覺總監，2019PQ 布拉格國際劇場設計四年展臺灣國家館策展人，致力於與表演藝術結合之影像創作與教學。2022 年以優人神鼓《墨具五色》獲世界劇場設計展投影設計專業組首獎，以《武營晚點名——島嶼記憶‧光舟劇場》獲法國 NDA 數位藝術與平面設計銀獎，並以唐美雲歌仔戲團電視影集《孟婆客棧》入圍第五十七屆金鐘獎最佳視覺特效獎。

《1624》舞臺全景圖像。

【服裝】

讓奢華魔幻都上身

邱聖峰

　　一件好的服裝設計作品，不僅僅侷限於觀賞者所能看到的色彩與型態，更重要的是創作者所想傳達的意象，其涵蓋了歷史時期服飾文化、人文文化、時代潮流、民俗民風、知識層次、製作工藝等諸多因素，當然，還有受眾喜不喜歡；身為創作者，這些因素我都必須通盤考量，才能去蕪存菁，服裝設計師好比是國際級廚師，除要通曉各國料理，更要懂得如何做出與眾不同的味道！

　　六百套海量般的服裝設製工程，大峰奢華服室以半年工期迎接這項挑戰，從設計到製作，鉅細靡遺，以西式打版、立體剪裁，分層推進；借代蒸氣龐克（Steampunk）的懷舊風格與崇尚未來科技的時尚風格展現鮮明對比，在傳統戲曲的舞臺，讓表演者透過服裝造型，精準而快速切入角色。

　　二百頂假髮，造型組動用近六十人，以純手工打造演員們妝髮頭飾，呈現有溫度的質感，倘若發現更好的取材，我依舊會把我定案的作品打掉重練，堅持再好一點是我的職責更是使命。

　　四大民族是這齣戲在服裝設計上最大考驗，亦是最大

亮點！這部戲雖有史實作為依據，但我摒棄歷史的真實，虛擬的舞臺需要意象式的妝點；我以色系作為區分——暗紅搭咖啡金代表明朝人，綠色配咖啡金凸顯荷蘭人，黑、紫、銀為日本人，更採用大自然的花草與飛禽走獸的顏色，來表現西拉雅的意象，運用不同色彩的配搭，形塑一場既奢華又魔幻的史詩巨作。

邱聖峰，畢業於臺北復興美工廣告設計科，因嚮往舞臺表演，大學即轉換跑道考取臺北藝術大學戲劇系，大學本科期間，在兼顧表演專業的同時，對傳統戲曲服裝設計製作更不懈地鑽研著。2003 年創立「大峰奢華服室有限公司」，持續探索市場各種可能性——無論是天王楊麗花的電視歌仔戲、明華園的舞臺歌仔戲，還是流行天王周杰倫的演唱會……融合傳統、現代、流行元素於一爐。

1 鄭芝龍服裝設計草圖。

2 諾一知服裝設計草圖。

3 濱田彌兵衛服裝設計草圖。

4 尪姨服裝設計草圖。

5

6

7

8

5 頭家娘的頭飾。

6 荷蘭人服裝局部。

7 沈有容服裝局部。

8 理加的頭冠。

萬花筒般的絢爛曲風

周以謙

　　本劇音樂設計上有極大的挑戰，首先必須在歌仔調的既有基礎下發展，但劇中大航海時代的臺灣牽涉到四個族群——漢人、原住民、荷蘭人與日本人，必須設計出適合人物身分的音樂風格色彩，且因應其各有不小的表演篇幅，需融合了多元音樂素材的交叉運用。漢人部分以歌仔戲既有傳統曲調為編腔基底；原住民部分採集多首西拉雅民歌及恆春民謠打造平埔印象；荷蘭人擷取華格納《漂泊的荷蘭人》部份旋律與臺語文交織融合；日本人則結合日本傳統音樂及特色樂器展現。第二個挑戰是劇中時空的穿越，從現代的 online games 到 1624 年，必須快速進行轉換。我們試圖以電音樂器與國樂團時而合奏、時而競奏，或者快速變換音色來達成時空突兀的變化。

　　配樂的主要理念是以海洋壯闊的描述作為首尾呼應，以不協和的和弦、快速音群堆疊以及打擊震撼的氛圍，象徵當時臺灣在世局下動盪詭譎的氛圍。貫穿整齣戲的「長老」主題是以 Mi、La 或 Sol、Dol 四度音作為旋律基調，搭配荷蘭人的 Re、Sol 四度，是相同音程，在對峙時偶爾會採用同旋律，再應用調式和弦或大小調的變化來產生不

《1624》總譜圖。

同的聽覺效果。音樂演奏成員以大型國樂團、合唱團作為基礎，搭配歌仔戲傳統文武場成為混搭樂團作為整體音樂的強大基石，並利用特殊的民族樂器的音色，建立豐富多元的音樂世界。例如採用笛、三味線的主旋律加入大小鼓的日本浪人風、弦樂群搭配大鍵琴的荷蘭風、使用原住民木琴、口簧琴的神祕色彩等的樂器音色的靈活運用，期望整體呈現出猶如萬花筒般的戲劇音樂。

周以謙，畢業於國立臺北藝術大學音樂系研究所碩士班。2021-22 年獲傳藝金曲獎最佳音樂設計。現為國立傳統藝術中心臺灣豫劇團音樂指導。

輯三 —— 唸讀
戲文

序幕

我是人，還是鹿

|場景|

獵場

|角色|

尪姨、Saran（沙喃，麻豆少年）、
獵人們、Gameboy（現代男學生）

△原民虛詞音聲先起，舞臺區開始有動靜。

△從俯瞰到透視島嶼，尪姨以莊嚴的高靈之姿顯
　現，領唱全場。

尪　姨：【唱】海洋究竟阻隔，抑是連結世界？
　　　　　Sausal lava, putatawax lava
　　　　　ta vaung ki idarinuxan?[1]

△獵人們帶弓箭上，引人想見鹿群就在前方。

尪　姨：【唱】生死場上，強弱無常。

△某種電玩感聲響地唱，帶出 Saran。

歌　隊：【唱】花鹿野豬相逐走，
　　　　　　　哺育青春心肝頭，
　　　　　　　自然豐沛（phong-phài）袂無夠，
　　　　　　　天地之間咱厝兜。
獵　人：（對 Saran 說）看咧，一大陣鹿仔佇遐。

1　西拉雅語。

△ Saran 要獵人朋友噤聲，低蹲隱身，觀察鹿的動
　向。

△ Saran 專注地拉弓、射箭，可輔以影像，一隻落
　單的鹿被射中倒地。

獵人們：著矣（Tiȯh--ah，射中了）！著矣！

△ Saran 未露喜色，他走到鹿旁半跪，撫摸鹿身。

Saran ：鹿仔，你獻出身軀予阮 Siraya（西拉雅）食有穿有，
　　　　穿佇身，食佇面（穿顯現在身上，吃顯現在臉上），請你
　　　　著安歇，請你著靈聖，Siraya 感謝大恩，鹿仔的身
　　　　魂變成阮的一部分。

△ Gameboy 出現在遊戲區，頭戴 VR 顯示器，模仿
　Saran 觸碰鹿身。

Gameboy：哪有共人射死閣叫人著共你保庇的（哪能射死人家
　　　　還叫人家保庇你的）？！

△獵人們聽見聲音，以弓箭瞄準。

獵人們：有聲，彼爿（hit-pîng，那邊）！
Gameboy：莫（mài）射！我毋是鹿仔！（對空氣，華語）回主
　　　　選單！

第一幕

海上大秘寶，
當好人就拿不到

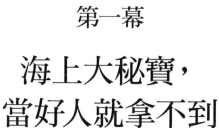

| 場景 |

Gameboy玩遊戲情境，百年來的海上

| 角色 |

Gameboy、Injey（Injey Wattingh，印姐瓦定）、
鄭芝龍、沈有容（明國將軍）、陳第（明國退將儒生）、
荷蘭人（概念集合體）、荷蘭人手下們、水手A、水手B、
眾船員、各類型船隊

△ 緊接序幕，獵場景象消失，Gameboy 脫掉 VR 顯
　　示器，東張西望，從口袋拿出光碟盒，唸上面的
　　字。

Gameboy：（華語）也太逼真了吧，這遊戲，「1624」，酷！
　　（若有所思，臺語）就是愛勇敢，十七世紀的臺灣才看
　　會著、摸會著啊，（下定決心）閣來！ Next ！

△ 海上景象逐漸成形，Gameboy 跳上跳下，彷彿海
　　水湧現他腳邊。
△ Injey Wattingh 上，穩健地站立船頭

Injey 　：【唱】船帆順風緊如箭，
　　　　　　　船桅（uî）懸懸（高）迵（thàng）上天，
　　　　少年 --ê，猶毋緊起來！

△ Gameboy 笨拙登船，搖搖晃晃。

Injey 　：【唱】海面翻覆生抑死，
　　　　　　　欲得財寶著愛會堪得（禁得起）佮（kah，和）
　　　　　　　人爭（tsinn）。

Gameboy：（難受狀，華語）早知道要坐船，我會先吃暈船藥。

Injey　：（冷眼看，笑）欲佇海上生存，這才第一關爾（niâ，而已）。你擔頭（tann-thâu，抬頭）觀來！

　　　　△音樂興風作浪，一群長翅膀的妖怪飛來，船內開始淹水。

Injey　：【唱】來處無地揣，有翼閣會飛，

　　　　　　　　隨到暴雨洗，淹水毋免賠。

Gameboy：（埋頭查遊戲說明）個是海妖？

Injey　：阮講泄（tshūa）尿婆。

Gameboy：你這馬是咧講這毋是雨水，是尿！？

Injey　：閣有閒工佇遐咧嫌垃儳（lâ-sâm，骯髒）！船艙入水矣，船會沉落去！

Gameboy：阿彌陀佛！哈利路亞！Holy 媽祖！……（華語）沒用？！關主，快告訴我怎麼打怪？

Injey　：選項 A，趁泄尿婆停咧歇睏（休息），你距（peh，爬）起去共船桅斬斷。

Gameboy：（猛搖頭）遐爾懸，是欲按怎起去？

Injey　：選項 B，你衫褪（脫衣服）起來，現下半身就好。

Gameboy：這是欲創啥的？

Injey　：泄尿婆閣較妖嘛是查某，看袂落去就走矣。

Gameboy：我才無愛！

遊戲提示音：請選擇——請選擇——

Injey　：【唱】請神送妖在你選，天堂地獄在瞬間。

Gameboy：敢會當莫（mài）（可以不要嗎）？

Injey　：【唱】機會命運金不換，莫驚莫閃來過關。

遊戲提示音：請選擇——請選擇——

Injey　：莫共我講你有選擇困難！

Gameboy：我欲來點，轉去主選單！

　　　　　△ Injey Wattingh 一腳將 Gameboy 踢下船，還微笑
　　　　　　揮手，其區位燈暗。
　　　　　△ Gameboy 被踢飛，以慢動作做溺水狀，海潮聲
　　　　　　越來越大。

Injey　：予你去矣。

Gameboy：啊，這个時代未免傷（siunn，太過）野蠻！

　　　　　△ Gameboy 在黑水溝掙扎求生，慢慢穩住呼吸朝
　　　　　　澎湖靠近時，鄭芝龍意氣風發上，走向 Gameboy
　　　　　　即將抵達的沈有容碑。

鄭芝龍：【唱】昔時有沈有容、諭退紅毛番，
　　　　　　　　一官 Nicholas（尼古拉斯）今日智取個荷蘭，
　　　　　　　　欲改命運、愛時機來轉。
　　　　（拿出信，語帶得意）人講娶某（妻）前、生囝後，我
　　　　鄭某的日本某才拄為我生後生（兒子），我來澎湖勸
　　　　退荷蘭人，立下大功勞，恁看個的船，駛向臺灣去
　　　　矣！

△ Gameboy 爬上岸，看見沈有容碑，讀碑文，鄭
　　芝龍看見他。

鄭芝龍：【唱】荷蘭人退兵、轉進臺灣。

Gameboy：誣，我險險仔予一窟烏色的暗流絞入去……（抬
　　頭）有字？沈有、容諭、退紅毛番、韋麻、郎等（tán）
　　碑？這个碑，有啥物好等（tán）？

鄭芝龍：毋是等（tán），是等（ting），碑文寫的是，沈有容、
　　諭退、紅毛番、韋麻郎等碑。

△ Gameboy 聽得似懂非懂，鄭芝龍大笑起來。

Gameboy：（以為鄭嘲笑他，羞惱）看人落魄真歡喜乎（--honnh）？

鄭芝龍：小兄弟，落魄是暫時的，跋落烏水溝閣爬會出來的
　　人，我猶毋捌看過，所以我真知影（可以確定）你，
　　有夠強！

Gameboy：（感動）你是 17 世紀頭一个共我安慰的人，綴你
　　行才是正確的選擇。

鄭芝龍：歡迎歡迎，我即時就欲出發。（望向遠處）來矣，就
　　是彼隻！起帆！

Gameboy：哪會閣是船？（吶喊）我無愛坐船啦！

△隨鄭芝龍視線，燈光帶出百年時空中的東亞海
　　域，各種類型的船隻和人群，隨著唱詞被觀眾所
　　辨識。

歌　隊：【唱】呂宋臺灣迵日本，太平洋島鏈徛規排，
　　　　　　　海域開闊無國界，冒險客逐浪八方來，
　　　　　　　東亞海上擂臺栽（tsai），港口通商圖利財，
　　　　　　　明察風向轉瞬改，掌握先機狀元才。

漢　人：【唱】倚海的勢（gâu）做生理代（很會做生意），
　　　　　　　烏魚佇佗、漢人篷船攏會知。

日　人：啊若阮（像我們），【唱】東洋日本朱印船。

歐　人：【唱】西洋歐洲甲板船。

眾　　：【唱】船來船往、百年絞滾（翻騰），
　　　　　　　政治過招、鬧熱紛紛。

△沈有容、陳第所在船隻燈亮，兩人正要對飲。

歌　隊：【唱】十七世紀自由貿易大航海，
　　　　　　　綴無著陣、怪自己傷慢（太慢）來。

陳　第：慢來慢來，將軍請了。

沈有容：你我掃平海寇，同飲一杯慶功才是。
　　　　【唱】海晏河清平生願，百姓安居樂無災。

△荷蘭人從他的船上出聲，呼叫沈有容。

荷蘭人：欲飲酒哪會無共我招？（遙敬）沈有容將軍，你隨
　　　　意，我盡量！

沈有容：（對陳第暗道）是荷蘭人！我後來有閣領兵出海，就
　　　　是為著個占領澎湖，我才氒兩千兵士、五十隻船去

到媽祖宮，佮紅毛主帥韋麻郎談判。

△沈有容與荷蘭人靠近，對峙狀。

荷蘭人：【唱】但求通商非海寇。

沈有容：【唱】先禮後兵才是著（對）。

荷蘭人：【唱】你勸阮退為上策。

沈有容：【唱】兩國貿易無可能。

沈有容、荷蘭人：當時我／你閣講——

沈有容：【唱】澎湖東爿無遠有小島。

荷蘭人：【唱】搬徙去遐大明管袂著。

沈有容：我非信口開河，臺灣，我也捌去過。

荷蘭人：（想轉話題，斟酒）哈哈，這阮的蘭姆酒，沈將軍試看覓（māi，試探）？

沈有容：（作勢婉拒）天朝都無心佮番邦交陪。

荷蘭人：無妨，我自飲自樂！（飲酒，流露醉意）欸，當年韋麻郎也無真正去到臺灣，遐，不過是海賊的巢窟，船隻買賣私貨、暫歇補充物資的所在。啥人料想會著，經過二十年，咱閣會為著通商貿易來占領澎湖，啊這一擺，相仝（sio-kāng）有人來共咱勸講，不如去臺灣試看覓。

手下們：這擺閣是啥人來咧遊說？

荷蘭人：是人稱中國甲必丹的大海賊李旦（稍停頓）——下跤的小兄弟，鄭芝龍。

手下們：鄭芝龍？

荷蘭人：咱予伊說服徙去臺灣，對（ui）明國招募漢人來做伙
　　　　long stay，開始種作稻仔、甘蔗——
手下們：閣有荷蘭豆、柑仔蜜、番薯、番麥、番仔薑——
荷蘭人：喂，佮漢人鬥陣久矣，煞磕袂著（動不動）就番番番，
　　　　荷蘭人叫家己紅毛番，敢會聽得（像話嗎）？！

△鄭芝龍船隊上。

鄭芝龍：Estrangeiro，Estrangeiro（葡萄牙語的荷蘭人）！
荷蘭人：講人人到，這个鄭芝龍對（ui）小兄弟變做甲必丹，
　　　　愈來愈聳鬚（tshàng-tshiu，囂張）矣！
鄭芝龍：【唱】當初交涉做通譯，牽成火銃的戰技，
　　　　　　　　文武功夫練齊備，承蒙荷蘭大公司。
　　　　毋就共帆轉過來，我欲起去參觀，看紅毛船頂有啥
　　　　物上新的好物？
　　　　【唱】一六二四天機降，
　　　　　　　　好運連連滿風帆，
　　　　　　　　令旗飄飄好入港，
　　　　　　　　我的船我的人，
　　　　　　　　如今喝（huah）水會堅凍（kian-tàng，結凍）。

△Gameboy 扮嘍囉上，協助鄭芝龍檢視各種船貨。

鄭芝龍：【吟】海路之上，奇貨滿滿是，
　　　　　　　　多少陸岸，攏咧等我的船送貨過去。

Gameboy：絲仔、瓷仔、香料、砂糖、白銀、奇楠、象牙、
　　　　玳瑁、燕窩、檳榔、蘆薈、椰子——
鄭芝龍：【吟】海盜海盜，盜亦有道，佇海上欲做老大，
　　　　船大是無較縒（bô-khah-tsuáh，沒有用），
　　　　第一要緊是愛揀著爿來倚（靠向對的一邊）。
Gameboy：無毋著（沒錯），若想欲過關，愛選鄭芝龍！
水手Ａ：鄭芝龍！鄭芝龍！

　　　△眾人附和喊鄭芝龍時，水手Ａ轉頭看見Injey
　　　　Wattingh的船，驚呼有女人，Injey故作衝撞，眾
　　　　人散開。

水手Ａ：恁看彼隻船，查某人佇咧指揮，船頂有查某人會出
　　　　代誌（出事）！
Injey　：【唱】生理頭腦自由轉，海商事業我掌權。
荷蘭人：女人氣味將我叫醒！（認出Injey Wattingh）啊伊，敢毋
　　　　是……女海賊！
Injey　：哼！【唱】荷蘭公司免恁管，海賊臭名濫摻傳。
荷蘭人：Batavia（巴達維亞）的官方文件寫甲真清楚。
Injey　：（覺得可笑）喔。
荷蘭人：你強取貨物——
Gameboy：（華語）搶劫？
荷蘭人：威脅取財——
Gameboy：（華語）敲詐！
荷蘭人：隨意貿易！

Gameboy：（華語）走私！（對鄭芝龍告狀）拄才，伊閣共我踢
　　　　　落海！

鄭芝龍：喔。（對 Injey Wattingh 另眼相看）

Injey　：實在笑詼！歷史可比公海，查某人煞袂當來？見若
　　　　（kinn-nā，每當）發現歷史上有查某人佇咧拚事業，
　　　　查埔人攏見笑轉受氣（惱羞成怒），連編派我的罪名，
　　　　白賊也講袂輾轉（連想說謊也說不清楚）。

鄭芝龍：無人佮意去予人叫做「賊」。（上前致意）得罪了，
　　　　借問阿姊應該怎樣來稱呼？

Injey　：我生理對（uì）Kalaba（雅加達）做到廈門，Zeelandia（熱
　　　　蘭遮）的城外也有我的基地，（睥睨眾男）予恁叫一聲
　　　　「頭家娘」是袂失禮。

水手Ｂ：頭家娘！頭家娘！

Injey　：（對 Gameboy 使眼色）少年 --ê，閣搪著（tn̄g-tiȯh，遇到）矣，
　　　　跳過來我這爿，會曉無？

Gameboy：跳去遐，（對鄭芝龍投以求助目光）抑是留踮遮……

鄭芝龍：阿姊，我真欣賞你，鄭氏令旗做你提去插（儘管插），
　　　　插這枝就無人敢搶姊仔。

Injey　：啥物姊，恁祖媽是刺查某、虎豹母，你這枝我看是
　　　　「捏（諧音鄭）驚死，放驚飛 （tēnn kiann-sí, pàng kiann-
　　　　pue）」！

鄭芝龍：你！

Injey　：閣假就無成（bô-sîng，不像）矣！講著搶，啥人毋知
　　　　影鄭芝龍連荷蘭人、日本人指揮的船也敢搶。

Gameboy：原來你也會，搶劫、敲詐、走私！

遊戲提示音：請選擇——請選擇——

△ Gameboy 下船，看著鄭芝龍和 Injey Wattingh 各
霸一方。

Gameboy：我到底愛選佗一爿？
水手Ａ：鄭芝龍！
水手Ｂ：頭家娘！
水手Ａ：鄭芝龍！
水手Ｂ：頭家娘！
Gameboy：原來「1624」不是選好人的遊戲！

△ 船隻再次流動起來。

鄭芝龍：欲過關著愛會曉（ē-hiáu，懂得）看風向！
【唱】我半生周旋在海上，
怎不知形勢比人強，
海風海流若轉向，
大船滿帆有何用，
過關欲如何優雅從容？
水手Ａ：荷蘭人的船來矣！
Injey ：【吟】紅白青是 VOC 三色旗。

△ 鄭芝龍船隊改換 VOC 三色旗。

水手 B：日本人的船來矣！

Injey ：【吟】三葵紋是朱印船的旗。

△ Injey Wattingh 船隊改換朱印船旗。

水手們：【唱】篷船徛旗鄭一字。

鄭芝龍：大明放恁自生自滅——

　　　【唱】靠我保平安何足為奇？

△大明船隊準備改換鄭氏旗，沈有容阻止爭執。

沈有容：亂來，換旗是成何體統！

　　　【唱】誓言漢賊不兩立，官船豈能插賊旗！

荷蘭人：亂操操，展一下仔火銃大炮，人才會關注荷蘭東印
　　　度公司，準備⋯⋯

△荷蘭人船隊亮出武力裝備，風一陣陣越來越強
　烈。

鄭芝龍、Injey：起風矣呢！

眾　人：慘，起報頭（khí pò-thâu，颱風形成）！

△狂暴的颱風意象，滿臺人被吹得七零八落。
△ Gameboy 驚魂甫定，回味剛才那一幕。

Gameboy：啊，譀，我拄才是看著啥？到彼个時，攑彼个旗，
　　　　　隨時欲換旗仔，船頂現成攏便便。

　　　　　△陳第划舢舨環遊，Gameboy 隨著他走向 Siraya 陸
　　　　　　地的方向。

Gameboy：欸，賰（tshun，剩）這个人佇遐涼勢（liâng-sè，悠哉）
　　　　　仔涼勢，舢舨仔看伊划對佗位（tuì tó-uī，往哪裡）去？
陳　第：【唱】存心觀海出書齋，
　　　　　　　披甲隨軍到天涯，
　　　　　　　長老獻鹿兼送酒，
　　　　　　　遊歷桃源我難忘懷。

轉場 A：世外桃源，第一眼也是最後一眼

場景：陸地
角色：陳第、尪姨、Siraya（西拉雅）人

△無調性音樂襯底，陳第文白交替吟出遊歷臺灣的
　緣起和見聞，第二場的 Siraya 人此時完成場面布
　局，尪姨主題迴盪。

陳　第：回想當年沈有容東征，招我隨軍同行，誰知尚未開
　　　　戰，遭逢颱風沖散了艦隊，幸得天佑大明國，終也
　　　　完成朝廷重任，（口吻一轉為通俗，真誠地驚嘆）嘛佳哉
　　　　有去出這个任務，我才知影，佇離大明才兩日夜航
　　　　程的所在，竟然有一个世外桃源！
尪　姨：【吟】生死場上，強弱無常……
陳　第：【吟】東番分社，人有各種，
　　　　　　　　蹛（tuà，住）海邊無咧出海，
　　　　　　　　睏全位袂僥背（違背）人倫，

枵就食，飽就耍，
掠溪魚，射花鹿，
驍勇好鬥，跮踏刺帕（tshì-phè，荊棘），
速度快如奔馬，
無曆日文字，免揖讓跪拜，
天然自在，制定禮教的達人較莫來。

尪　姨：【吟】來矣來矣，人對（uì）海上來矣⋯⋯
陳　第：【唱】海路南北會東西，
漳泉潮的漢人攏齊（tsiâu）來，
天然純樸今不再，世外桃源洞門開。

第二幕

有一天新世界
來到我家門前

| 場景 |

新港和麻豆兩庄並立

| 角色 |

Saran（沙喃，麻豆少年）、Saran母、Saran父、
尪姨、Gameboy、Dijka（理加，新港長老）、
Takalang（大加弄，新港少年）、
濱田彌兵衛（日本船長，末次平藏的使者）、
Saran友、庄民數名

△ Siraya 公廨廣場，尪姨為庄民祈福。

尪　姨：【唱】清水清、謝祖靈保庇，

　　　　　Ralum ka makuptix, pixik ki luluxan ki vativati.[2]

　　　　　清水清、借澤蘭插青（tshinn），

　　　　　Ralum ka makuptix, paitukuaen ki ihing.

　　　　　清水清、喚祖靈保庇，

　　　　　Ralum ka makuptix, tmadaam ki　kadingen ki
　　　　　vativati.

　　　　　清水清、佑平安無病（pīnn）。

　　　　　Ralum ka makuptix, kmadinga imianan ki
　　　　　maalam.

　　　△ 一庄民對尪姨做請求狀，尪姨取向水讓他喝下。

尪　姨：阿立（Arit，祖靈）祖保庇，身軀無代誌！

　　　△ 一庄民對尪姨請求狀，尪姨取向水讓他喝下。

────────────

2　西拉雅語。

尪　姨：阿立祖保庇，豐收出好米！囡仔好育飼（io-tshī）！

　　　　△廣場另一邊（麻豆），有一只大鐵鍋蓋著蓋子，冒
　　　　　出陣陣白煙。
　　　　△ Saran 父母與 Saran 朋友們在場上，Saran 急著要
　　　　　揭開鍋蓋。

Saran 友：恁看，彼是 Saran 佃兜的，咱麻豆毋捌看過遮大
　　　　　跤的鐵鼎！
Saran　：ina（母親）！ ama（父親）！阮腹肚枵矣！
Saran 父：鼎蓋猶袂用得掀啦！（動作示意飯還沒煮好）
Saran 母：【唱】價值偌濟大鐵鼎，鹿皮四張豬一隻。
Saran 父：【唱】漢商講伊無趁（thàn，賺）換予我。
Saran 母：【接唱】人口才好，你見講都袂贏。
Saran　：【唱】感謝 ama 勢（gâu，擅長）拍獵。
Saran 母：【接唱】光榮阮某囝。
Saran 父：【唱】勇士討掠（打獵）、
　　　　　　　　　　走傱（奔波，tsáu-tsông）在平林。
Saran 母：恁遮的（tsia--ê，這些）bata（未婚男子），有換著綢緞、
　　　　　花布，抑是琉璃珠無？
Saran 友：（拿出花布琉璃珠獻寶）有啊，無換著汰講會過（不換
　　　　　怎麼可以）？
Saran 母：這馬的姑娘上佮意遮的物件，Saran 你呢？
Saran　：我換幾塊生鐵，欲請 ama（父親）替我熔造新的鏢槍
　　　　　佮箭頭。

Saran 友：（不解）Saran 已經是上勢拍獵的 bata 矣，鏢槍是閣欲佮利？

Saran ：我干焦（只是）希望，

　　　　【唱】花鹿為咱無性命，速速斷氣免驚惶。

　　　△ Saran 母看著朋友嘲弄 Saran，在有 Siraya 特色的音聲中陷入回憶。

Saran 母：Saran 我的囝，你哪會無像你的朋友去享受愛情？回想當年──

　　　　【唱】愛著走標（似賽跑的儀式）頭名好男兒，

　　　　　　　我春心動啊房門為伊開。

　　　△ Saran 母感受著與胎兒連結的喜悅，尪姨卻湊到她眼前，目光炯炯。

Saran 母：【唱】等到肚中懷胎發新穎（puh sin-ínn），

　　　　　　　有身瞞袚過庄內的尪姨。

尪　姨：你果然有身矣！雖然已經成親，恁牽手閣蹛佇公廨（Kong-kài）[3]，你就袚當生囡仔，只好照祖規，由 Inibs（尪姨）我出手提掉。

Saran 母：無，我無欲共囡仔提掉（墮胎）！

尪　姨：【唱】你可比提命冒凶險，違背祖規會惹疑嫌。

---

3 公廨：西拉雅語為 kuva，祭祀阿立祖，及男子集居訓練的會所。

Saran 母：伊已經佮我連做伙，我欲共伊生落來！

尫　姨：你敢毋驚？！【唱】孩兒未來受咒讖。

Saran 母：【接唱】咒讖母囝同承擔！

△尫姨唱作，以儀式感帶出預言式的咒讖。

△同此時 Saran 上，母親的眼神激起他的困惑。

尫　姨：【唱】生死場，海上來的人，含帶土地失落的惡夢，

　　　　　　　強替弱，目睭金金絳，見證運命束縛的船帆。

Saran 母：目睭？尫姨是佇講啥人的目睭？

Saran ：ina（母親）！你是按怎？哪會掠我金金看？

Saran 母：（回神）無，無代誌，飯煮好矣，叫逐家攏來，大
　　　　　鐵鼎煮的飯，一定會當予所有的 bata 食甲飽。

△ Saran 父吃飽後剔牙碎嘴，越說越上火。

Saran 父：食飽囉！

　　　　【吟】漢商賣鼎兼開講（khai-káng），

　　　　　　　講是紅毛無天良，稅金抽遮重，

　　　　　　　若無老主顧俗俗仔賣，

　　　　　　　伊會用得（ē-īng-tsit，能夠）減提我幾若項！

　　　　【吟】生理嗾，糊瘰瘰（hôo-luì-luì，天花亂墜），

　　　　　　　漢人有穤（bái，惡劣）也有好，

　　　　　　　世事人情我知厚薄，紅毛講個是海賊，

　　　　　　　掩崁（am-khàm，隱瞞）漢人欲掠去入監牢，

我呸呸呸，講著紅毛火就著（tòh），

麻豆人交朋友敢也著恁煩惱（犯不著你們來管）！

△舞臺另一邊新港區塊亮燈，與麻豆兩庄並行。

Saran 父：【吟】袂堪得氣隔壁的新港，

彼箍（hit-khoo，那個）Dijka 欠教示，

竟然共土地稅（suè，租）予紅毛人。

Dijka ：雄雄耳空癢（tsiūnn），是啥人佇咧想我？

庄　民：（偷笑）有人咧講長老你的歹話啦！

△ Dijka 上。

Dijka ：【唱】庄頭庄尾攏愛管，做著長老厚操煩，

戰來戰去結恩怨，隔壁的麻豆上愛冤。

麻豆佮新港是久年的冤仇人。

Saran 父：這擺無全款，Dijka 按呢做是背祖！

Dijka ：【吟】欬欬欬，講阮背祖無公平，

紅毛人泏來的時，阮也捌共個趕轉去，

人都無咧驚，大船兵仔上陸的手段，

愈來愈鮮沢（tshinn-tshioh）[4]，一下共看，

紅毛的大船會呼吼（hoo-háu，怒吼），

---

4 光鮮亮麗之意，引申為進化。意思是荷蘭軍隊上岸後才發現比想像中
　更厲害。

雷電火光吐石頭，

大隻牛一聲予火銃磅倒去，

不比麻豆人濟土地闊，新港倚海無地走，

上強的朋友殘殘仔交。

Saran 父：紅毛人上好莫入來阮這庄，若無，咱的勇士會予
　　　　　個知影麻豆的厲害。

Dijka　：紅毛人講欲保護咱也無影（沒做到），Dijka 欲予個
　　　　　知影新港的厲害！

Saran 父：【唱】勇士拍獵需冷靜，風吹草動看分明，
　　　　　　　　血氣之勇難取勝，一舉一動記心胸。

Dijka　：（拿出短刀）這支日本刀誠婿（美），值得佮日本人交
　　　　　陪（往來）看覓咧。

　　　　　【唱】海外世界有奇珍，看甲顯目頭殼眩，
　　　　　　　　真情假意愛確認，毋通瞌目激戇神。

Saran 父：【唱】我看漢人濟，可比狗蟻爬，
　　　　　　　　大石起城堡，懸度與天齊，
　　　　　　　　臺灣的鹿皮、荷蘭買上濟——

Dijka　：【收尾】是敵人？是朋友，如何應對看咱的。

　　　　　△ Takalang 領濱田彌兵衛上，濱田對 Dijka 行了個
　　　　　日本禮。

Takalang：長老，濱田（Hamada）樣（sama，先生）來矣！

濱　田：Dijka 殿（dono，先生），請！

Dijka　：你送我 sake（日本酒）喔，毋免遐客氣啦，我杳杳仔

（táuh-táuh-á，慢慢地）拍開，你欲唱才寬寬仔是嘿。（前奏起）

濱　　田：聽我說來！

Dijka　：Takalang，你嘛鼻一下仔日本味咧。

濱　　田：【唱】荷蘭人惡形又惡狀，

　　　　　　　　扣留阮絲貨理不通，

　　　　　　　　日本人貿易受阻擋，

　　　　　現（明明）就是阮先來、個慢到——

　　　　　　　　霸占臺灣太猖狂！

Dijka　：小等小等，日本人和荷蘭人咧恩恩怨怨，佮阮有啥底代？恁來揣新港合作，阮是會當得著啥物好空（hó-khang，好處）？

濱　　田：當然，阮有無價之寶，武士的精神。

Dijka　：武士精神？你送我武士刀可能較實在。

濱　　田：欸，我的意思講，日本人講會到做會到，Dijka 殿（dono）若綴我去朝貢，將軍殿下一定會保護臺灣，尤其會保護新港人。

Dijka　：（啜飲一口日本酒）啊，sake 氣味有影好，（敬濱田）來，阮的秫米（糯米）酒試看覓？（趁濱田在嚐酒，把 Takalang 拉來耳語）Takalang，頂回我交代你的任務？

Takalang：有有有，我已經咧準備。

　　　　　【唱】荷蘭人海圖真勢畫，我學個柴刀割鹿皮，

　　　　　　　　雙跤踏遍新港土地，描畫出家鄉的懸低。

　　　△ Gameboy 在此之前找時機上場，例如加入濱田

1624

與 Dijka 的對飲，嗅聞酒氣做出覺得嗆烈的反應；
偷看 Takalang 的地圖，覺得佩服。

Gameboy：（華語）新港的年輕人要陪長輩喝酒，尬聊，還
　　　　自學土地測量！

Dijka 　：真好真好，畫這張地圖，是你做 bata（未婚男子）上
　　　　大的光榮！

Gameboy：光榮？（華語）身為年輕人的光榮是什麼？麻豆
　　　　代表，你怎麼看？

△燈光轉往麻豆區，Saran 懷著感情走向母親。

Saran 　：ina（母親），bata 的光榮敢毋是綴 ama（父親）的跤步，
　　　　做第一強的勇士呢？

Saran 母：Saran，ina（母親）愛你離開家鄉去改變你的運命。
　　　　【唱】尪姨咒讖猶在耳，情願母囝拆分離，
　　　　　　　海上之人啥原理？放囝隨波看透機（透澈）。

Saran 　：為欲破除咒讖，我愛親身成做（tsiânn-tsò）海上的人？

Saran 母：你敢聽過海翁的故事？（Saran 搖頭）恁 ama（父親）
　　　　猶是 bata 的時，扛著一隻大海翁靠礁（khò-ta，擱淺）
　　　　佇海埔斷氣去。
　　　　【唱】海翁一生踮大海，食老煞向陸地來，
　　　　　　　浮出深水、泅入內海，
　　　　　　　身魂回歸、塗（thôo，土）中收埋。

Saran 　：偉大的生命，伊看過啥，Saran 想欲知影。

△ Saran 母替 Saran 戴上項鍊，尪姨慢慢加入現場。

Saran 母：（點頭）這條用海翁的骨所做的袚鍊（項鍊），是
　　　　　ama（父親）送予 ina（母親）的定情信物，我祝福你，
　　　　　囝的，你做你去。
Saran 　：毋過 ina（母親），我心頭掠袂定。
Saran 母：海翁毋驚，bata 也免驚惶！
尪姨、Saran 母：【唱】古早代、天地初開，
　　　　　　　　　　大海翁、跤行島內，
　　　　　　　　　　一日月、離塗入海，
　　　　　　　　　　一搖頭、萬里天涯，
　　　　　　　　　　探深淺、盡管熟似，
　　　　　　　　　　一擺尾、萬里天涯。
　　　　　　　　　　你去走揣新世界，
　　　　　　　　　　我顧守佇遮等你轉來。

轉場 B：Free Style 成年禮

場景：遊戲情境
角色：Gameboy、Saran、Takalang

Gameboy：耍（sńg，玩）到遮，海茫茫，一个人若孤島，感
　　　　覺真孤單。欸？「1624」敢有組隊的選擇？若有一
　　　　个島、兩个島、三个島，排做島鏈，後面有啥物魔
　　　　王我嘛較袂驚。人講團結就是力量……有啊！

　　△ Gameboy 查看遊戲說明，看見選項裡有 Saran 和
　　　 Takalang。
　　△ Saran 全副武備，遠遠望見模樣斯文的 Takalang，
　　　 正在收拾地圖。

Gameboy：後一關「bata（未婚男子）的成年禮」，有啥物角
　　　　色？麻豆人、新港人。欲轉大人，就愛來選上硬篤
　　　　（ngē-táu，難度最高）的任務，耍一个較夠氣（kàu-khuì，

過癮）咧。

　　△ Gameboy 在主選單上蹦跳起來，Takalang 向
　　　　Saran 打出「一起」的信號。

Gameboy：（華語）一起一起，世仇可以一起，還有我，我
　　　　　也是 bata，三個一起闖關！
　　　　【唱】我是現代的 bata，
　　　　　　　畢業 bata、頭路 bata、
　　　　　　　女朋友 bata（音近日文まだ =mata，還沒），
　　　　　　　四百年前的 bata，
　　　　　　　敢會當講予我聽，古早人攏佇煩惱啥？
　　　　　　　That's Saran ！
Saran ：【唱】我欲離開故鄉，去揣黃金夢鄉。
　　　　　　　莫笑我一時衝碰，我毋驚海上波浪。
　　　　　　　太平洋、大西洋、印度洋、北冰洋、南大洋，
　　　　　　　我欲佇開闊世界，留下我的行蹤！
Gameboy：Welcome to Takalang ！
Takalang：【唱】我趣味外國的物件，好奇西洋的文化，
　　　　　　　臺灣地形留佇紙，
　　　　　　　個咧畫，我就徛邊仔偷看。
　　　　　　　一支刀、一張皮，畫地圖、無人教、無的確，
　　　　　　　交換智慧，時間參空間的祕密攏佇遮。
Gameboy：【唱】毋管（華語）羅密歐與茱麗葉。
Saran ：【唱】你講啥貨？

Gameboy：【唱】福路吹佮西路吹（tshue）。

Takalang：【唱】是欲吹去佗位（tueh）？

Gameboy：【唱】日頭赤焱焱，隨人顧性命。

　　　　　　　啥人（siáng）欲予你綴，

　　　　　　　坐全隻船的朋友做伙，

　　　　　　　就是咱三个，

　　　　　　　出 to the 發！Let's Go！

第三幕

四百年前的
國際談判桌

| 場景 |

平戶港邊、臺灣長官官邸、江戶招待所

| 角色 |

Nuyts（諾一知，VOC長官）、末次平藏（日商代表）、
Dijka、Dijka妻、濱田彌兵衛、Takalang、
Saran、荷蘭隨從、Siraya各庄代表、日本隨從、新港婦人們

△以《漂泊的荷蘭人》音樂主題營造 Nuyts 的人物
　　　形象，有胡撇仔味道的自我感覺良好，影像隨航
　　　程變化，顯示其大有來歷。

歌隊：【唱】大船踅過歐洲澳洲接亞洲。

　　　△末次平藏所在燈亮，他正在喝茶，像在等待什麼，
　　　　日本隨從上。

幕外音：【Nuyts 唱】航海經商一路紅，勇敢飄撇荷蘭人。
日本隨從：稟大老，荷蘭東印度公司的臺灣長官已經到平戶
　　　　（Hirato）。
末　次：（眼睛一亮，不疾不徐地反應）伊總算來囉！

　　　△眾人簇擁著 Nuyts 登場。

Nuyts　：【唱】國際貿易濫政治，商場如戰場誰不知，
　　　　　　Trust me、trust me，我是上光彼粒星。

　　　△末次和 Nuyts 在意象式的平戶商館前對峙，相互
　　　　刺激。

Nuyts ：平戶（Hirato）的荷蘭商館歷史誠久矣，看會出阮佮
　　　　日本的交情。

末　次：若帶念交情，VOC 就無應該佇臺灣傷害朱印船的
　　　　利益！

Nuyts ：阮公司下重本咧經營臺灣，城堡是我起，港路是我
　　　　開，向過路的船隻抽淡薄仔稅金，是本當該然！

末　次：然也不然，我欲請將軍發神威，共這間商館關起來！

Nuyts ：這是荷蘭在東亞的灶跤（廚房），予恁袂關得。

末　次：我一定欲予恁灶跤的火花去（hua--khì，熄滅）！

Nuyts ：毋通關！袂當關！

末　次：偏偏仔欲關！

Nuyts ：啊好，來去江戶（Edo）城揣將軍談判，伊一定咧等
　　　　我大駕光臨！

　　　△ Nuyts 音樂主題襯底，他信心十足地前行。

末　次：【唱】軟塗深掘紅毛人（kōmōjin，日語發音），
　　　　　　　　過路貨船抽稅銀，設計刁難擋朱印，
　　　　　　　　妄想鏨（tsām，砍）阮後跤筋。

Nuyts ：【唱】精通聖經佮法律，懷抱使命會將軍。

末　次：【唱】洋洋得意踏入我地界，
　　　　　　　　賞你食膨餅（指碰壁）求見無門。

荷蘭隨從：巴達維亞總督特使兼臺灣長官，求見幕府將軍。

末　次：可有國書？

△荷蘭隨從上呈國書，末次運籌帷幄，設計 Nuyts
　碰壁撲空的場面。

末　次：可惜啊，國書無合（hàh）規格，來使身分可疑！
Nuyts：啥物？【唱】問我是荷蘭堂堂的使節，
　　　　　　　　　　抑是小小的長官代表公司？
　　　哼，我就是欲見，我這馬就欲見將軍！
　　　【唱】層層難關有人咧創治，
　　　　　　處處碰壁、枉費我是大明星。

△船鳴笛聲。

幕外音：（濱田）到矣到矣，Dijka 殿（dono，先生）請落船。
末　次：真好，新港的人炁到，一切攏佇我的掌握之中。

△末次所在燈暗，光轉到濱田所在，他引領 Dijka
　一行人上，雙侍衛 Saran、Takalang 對港口風景
　嘖嘖稱奇。

Takalang：【唱】自細看船看慣勢，頭擺出帆多新奇。
Saran：【唱】平戶（Hirato）港好景致，各種圖形各色旗。
濱　田：【唱】飄洋過海開眼界，日本歡迎逐家來。
Dijka：【唱】藏佇船艙沿路晃，眩到強欲落下頦，
　　　　　　半路真想欲跳海。
濱　田：【唱】長老毋就跳看覓。

Dijka ：（傻笑）哈，哈哈哈。

Takalang：【唱】近海遠洋的船隻，有緣相逢在港邊，

　　　　　　　　東洋風情令人醉，西洋商館真巧奇。

濱　田：我看過一个福爾摩沙人，講伊佇海邊予大湧（大浪）

　　　　掃落去海，烏流（黑潮）直接共沖對遮來，攏無眩著

　　　　船喔。

Dijka ：啥物啊，有影無影？！

Saran ：【唱】長老敢是假袂曉，大人言語有蹊蹺，

　　　　　　　　bata 開口驚攪擾，目睭擎金看過招。

　　　　△ Dijka 所在燈略暗，Nuyts 所在處燈亮，此時他

　　　　　已枯等多月，剛得知理加來到江戶，此時有一報

　　　　　子奔上。

歌　隊：【唱】行船走馬三分命，有影無影誰知影，

　　　　　　　　海洋有影週世界，無行出來你毋知。

報　子：報！

Nuyts ：（焦躁地）又閣是啥物消息？

報　子：公司佮明國的聯合艦隊，受著鄭芝龍船隊的攻擊。

Nuyts ：結果呢？

報　子：船貨去予搶甲空空，敗退巴達維亞，明國海岸攏予

　　　　鄭芝龍占去矣！

Nuyts ：可惡啊！季風咧欲轉向矣，這馬無緊轉去，會袂赴

　　　　處理這个海賊頭，偏偏仔你這箍煞（指荷蘭隨從）——

荷蘭隨從：我？

Nuyts ：你提著（得到）情報，講有十六个新港人這馬也佇江
　　　　　戶（Edo）城內？

荷蘭隨從：我閣講，幕府大老安排個欲去見將軍。

Nuyts ：（被關鍵字打到捶心肝還強自鎮定）見——將——軍？

　　　　△ Nuyts 望向燈亮的另一頭，濱田帶 Dijka 一行上，
　　　　　安頓在招待所。

Nuyts ：我佇遮傱（tsông，奔波）過來傱過去，傱十佫个月攏
　　　　　無見著，將軍……新港人一向上好教，哪會卸我的
　　　　　體面，比個尊貴的臺灣長官閣較早見著，將軍……

荷蘭隨從：無早矣呢，長官，船班欲起行矣。

Nuyts ：好，好，地球圓的，我轉去臺灣等恁，咱相拄會著（等
　　　　　著瞧）！啟程！

　　　　△手下們簇擁 Nuyts 急下，燈轉往 Dijka 所在處。

Dijka ：濱田（Hamada）船長，你到今（kàu-tann，到現在）才講
　　　　　Nuyts 也佇遮，萬不幸（萬一）去予拄著——

濱　田：有我濱田（Hamada）佇咧，恁毋免驚。

Dijka ：阮若轉去臺灣，你就顧阮袂著矣。

　　　　△濱田保持日本武士優越感，要一派正氣到令人發
　　　　　笑。

濱　田：Dijka 你！

　　　　【唱】身為長老傷軟洪（nńg-tsiánn，軟弱），
　　　　　　　缺少武士的精神，
　　　　　　　武士捨命來切腹，毋願受辱被看輕。
　　　　【唱】光榮責任我承擔，挺身抗爭顧尊嚴，
　　　　　　　Samurai（武士）一身是膽，
　　　　　　　決斷生死絕不糊含。

Saran　：嘿，人遐有氣勢，長老敢會（難道）去予看無？

Dijka　：麻豆囡仔鬼，你咧想啥我攏知！（對觀眾）恁講咧，
　　　　　我炁十五個 bata 出來，敢毋免負責共平安送轉去？
　　　　【唱】假眩激戇（裝暈賣傻）省冒險，
　　　　　　　個才袂僥疑（giâu-gî，猜疑）戒備嚴，
　　　　　　　逢場作戲老經驗，
　　　　　　　投機結盟免過謙（kòo-khiam）。

Takalang：Saran，你愛相信長老的智慧。

Dijka　：毋是佮人釘孤枝（單挑）就號做「強」，毋是靠朋友
　　　　　做伙拚就號做「弱」。

Saran　：哼！（轉向濱田）欸，日本人，阮的血性你袂當共看
　　　　　輕！

濱　田：少年人，莫激動，我既然炁恁來，安全包佇我身上！

Dijka　：包予好勢！包予好勢！注意毋通家己揆家己，（指濱
　　　　　田佩刀）你這支刀偌好看咧，白的入去紅的出來，無
　　　　　彩，你規氣（kui-khì，乾脆）送我較贏。

濱　田：（輕視地）欸，身外之物，愛欲偌濟我攏有（要多少有
　　　　　多少），較要緊的是，你愛照約束行，獻出恁上珍

貴的禮物。

Dijka ：（對 Takalang 使眼色）彼項，你敢有紮（tsah，攜帶）來？

Takalang：我隨身不離！（看向 Saran）你紮遮大包，內面是貯啥？

Saran ：這是……（看向 Dijka，再看 Takalang）時到你就知！

Takalang：【唱】各為麻豆佮新港。

Saran ：【唱】冤報冤來無輸贏。

兩少年：【接唱】撐渡的人勢轉踅，借力駛船會順行。

Dijka ：對對對，【唱】向前行，無行袂出名！

幕外音：（末次）宣，高山國使節團晉見！

　　　　△ Dijka 等三人走向末次所在的光區，有一道簾幕
　　　　　暗示將軍隱身幕後。

末　次：（日語）待て（made，等一下）！（Saran、Takalang 抽刀出鞘，
　　　　Dijka 阻止）聽說臺灣流行過瘟疫，為保重將軍貴體，
　　　　宣，福爾摩沙王 一人晉見！

　　　　△遊戲音效進，將軍簾幕掀開，Gameboy 出現。（這
　　　　　段唱可半臺語半華語）

Gameboy：（模擬 rap 腔）嗨，喇、喇，見，不見，見，不見。
　　　　　長老有點可憐，毋過伊看起來很會演！

遊戲提示音：Rap 尪歌仔解鎖新技能，玩家可召喚歷史背景，
　　　　　祝闖關成功！

Dijka ：（對兩少年使眼色）愛我一个人入去？我全款行有步！

來也，本王欲穿朝服。

末　次：啥？Siraya 有朝服？

　　　　△ Saran 打開行李，拿出花鹿衣裝。

Dijka　：末次（Suetsugu）樣（sama，先生），恁共阮交關真濟鹿
　　　　皮，日本武士敢毋是上愛用這項來做戰甲咧？

Saran　：【唱】侍候王、穿朝服、發明體統，
　　　　　　　　插鹿角、幔鹿皮、臺灣衣裝。

Takalang：【唱】鹿蹄走風第一勇。

Saran　：【唱】逐鹿少年第一強。

Dijka　：【唱】角崢嶸（tsing-îng，音同爭榮）、皮加身，
　　　　　　　　祖靈同在有神寵，
　　　　　　　　助元氣、逞威形，
　　　　　　　　闊架步沉入深宮。

Takalang：（拿出地圖）這是阮上珍貴的禮物。

末　次：總算提出來矣，我來替恁獻予將軍。（伸手要拿）

Dijka　：免！（一聲令下，Takalang 讓末次撲了個空）我家己來！

Gameboy：（擬將軍口吻）福爾摩沙王，你手底所提是啥物圖？

Dijka　：本王欲獻予將軍欣賞的，是臺灣的地圖，請你保護
　　　　臺灣免受強人惡質的統治。（動作定格）

Gameboy：啊，歷史性的一刻，這是頭一擺嘛是到今唯一的
　　　　　一擺，原住民用臺灣主人的身分出現佇國際舞臺。

Dijka　：（對觀眾）未來的人啊，我舞這齣，毋但（m̄-nā，不
　　　　只）是做主演，閣著做導演，莫講 Dijka 是 trouble

maker，看逻看逻，上刺激的發生佇熱蘭遮城。

△熱蘭遮城所在燈亮，四庄代表含 Saran 父，踩著
　節奏議論時事。

庄代表：向前行，無行攏袂出名！

Saran 父：【吟】想袂到 Dijka 遮呢會，偷偷坐船去日本。

蕭壠人：【吟】毋但見著大將軍，

　　　　　　閣通（koh thang，還可以）呈狀講問題。

新港人、目加溜灣人：

　　　　　【吟】對面談判，當面盤撋（puânn-nuá，應酬），

　　　　　　正正當當，（華語）抬頭挺胸。

Saran 父：【吟】Siraya 一點仔攏袂失禮。

蕭壠人：【吟】鹿仔咱討掠，按怎不准咱買賣？

新港人、目加溜灣人：【吟】獵場是咱的，第一寶貴是土地。

Saran 父：【吟】毋通予人教戀去，臺灣土地 Siraya 的。

　　　　　我代表麻豆——

蕭壠人：我代表蕭壠——

目加溜灣人：我代表目加溜灣——

新港人：我代表新港——

庄代表：【吟】咱著行行行。

Dijka 妻：【吟】婦人人（hū-jîn-lâng），咱嘛著向前行。

△Dijka 妻帶領婦人們上，兩組人馬分頭走向熱蘭
　遮城，Saran 父認出她。

Saran 父：彼片乇頭（帶頭）的婦人人，敢毋是 Dijka 的牽手？

庄代表、婦人們：【吟】來去，來去，來去熱蘭遮城討解釋！

眾　　人：【交錯吟】是按怎，是按怎，是按怎……
　　　　　　　　　　是按怎主人咧納稅予人客？

　　　△ Dijka 妻離隊表述來龍去脈，儀式性踏完舞臺四
　　　　角，展開政治表演，其他婦人幫腔助陣。

Dijka 妻：予 Dijka 料甲準準準，伊講各庄的人知影伊去日本，
　　　　　就會團結來討公道，又閣講，伊轉來定著會予荷蘭
　　　　　人掠去關，愛翁無惜面底皮，著來這城外踏四角，
　　　　　搬一下仔苦齣咧！（儀式性身段）啊哈，啊哈，冤枉，
　　　　　冤枉，阮 Dijka 是予日本人拐去的！
　　　　　【唱】日本船長來拜訪，
　　　　　　　　花言巧語見軍皇，
　　　　　　　　新港予人欺負、苦是無地講，
　　　　　　　　個欲保護阮、從此免徬徨。
　　　　　　　　這款好聽話公司也捌講——

婦人們：（幫腔感嘆）【唱】講啊講甲規畚箕，做啊做無一湯匙，
　　　　　　　　　　　　　冤枉啊冤枉，阮長老是真冤枉。

Dijka 妻：【唱】坐著賊船非叛國，糊里糊塗耳不聰，
　　　　　　　　誘拐強迫去朝貢，身不由己稱國王，
　　　　　　　　大人開恩真大量，阮若歡喜啊，
　　　　　　　　萬事就好參詳。

轉場 C：戰就戰，這是誰的記憶

場景：臺灣長官官邸，古今時空
人物：Nuyts、濱田彌兵衛、傳教士、尪姨，Gameboy、荷蘭
　　　士兵、日本武士

△遊戲音效轉動城堡，只見 Nuyts 高踞於城堡背後
　的寶座，濱田懷恨朝他走來。

Gameboy：（華語）濱田彌兵衛事件，日本史上叫做「臺
　　　　　灣事件」，話說，（臺語）臺灣長官 Nuyts 後來共
　　　　　Dijka 個放轉去，煞毋甘願放濱田（Hamada）轉去日
　　　　　本——
濱　　田：Nuyts，恁共阮的萬擔生絲押牢（ah-tiâu，扣留）咧，
　　　　　閣共我關入監牢，和（hām，連）我的船也共拘牢
　　　　　（tau-tiâu，扣留）咧，我濱田的損失，到遮來是歹計算。
Nuyts　：濱田，拐騙 Dijka 彼條我猶未佮你算，你送個轉來

的時，船底竟然閣敢偷藏兵士佮武器？

濱　田：你現都知影鄭芝龍的人佇海上看著船就搶，我的船若無武裝戒備，出海等於是去送死！

Nuyts　：哼，你莫佯生（tinn-tshinn，裝蒜）啦，巴達維亞彼爿不時共我提醒，朱印船根本毋是來做生理！

濱　田：若恁想咧，阮是來做啥物？

Nuyts　：日本人野心欲得臺灣！

濱　田：Nuyts 啊 Nuyts ！

Nuyts　：我按怎？

濱　田：你果然共我逼到盡尾（bué，極限）矣，來啊！

△穿著日本服裝的武士一湧而上。

Nuyts　：（日語）なに（nani，什麼）？

濱　田：（發號令）封鎖城堡，Nuyts 愛活掠（活捉）！

Nuyts　：我竟然佇熱蘭遮城的（華語）豪宅（臺語）中埋伏！

△濱田與 Nuyts 纏鬥一小段後，日本武士和荷蘭士兵展開熱打場面。

△穿著黑袍的荷蘭傳教士登場，以聖詠為傷亡者祈禱。

傳教士：【吟】受傷的蘆葦上帝無遏折（at-tsih，折斷），
　　　　　海嶼聽候教示，活氣傳予地上眾百姓。

△尪姨的音樂主題淡入，士兵們轉出魔幻蒼涼感的
　慢動作。
△尪姨主持牽曲儀式，Gameboy 加入操作象徵梅花
　鹿的杖頭偶，以臺灣原始生命的視角，協助祭告
　來來去去各種人群的亡靈。

尪　姨：【唱】生死場上，強弱無常。
尪姨、傳教士：【疊合唱】埋冤歸一同，臺灣同一塚。
尪　姨：【唱】祖公祖媽尚饗。
　　　　【吟】一張、二張、三張、四張，
　　　　　　　較濟、較濟、人心袂滿足，
　　　　　　　生命食生命、生命食生命，
　　　　　　　生命靠犧牲活咧。
　　　　【唱】人若死留名，鹿若死留皮。
　　　　　　　濟濟的名，留踮有故事的土地，
　　　　　　　精神哪靈魂哪，參阮合為一體。

△ Gameboy 從杖頭梅花鹿脫身，感到些許惆悵，
　此時，複合著荷蘭、西拉雅特色的聲響吹打起來。

Gameboy：政治隨時咧變，囂俳無落魄的久，人心是肉做的，
　　　　　按呢來來去去，哪有可能無好看的感情戲？

第四幕

你我如此不同，愛卻相同

4-1

場景：新港

角色：Poeloehee（蒲嚕蝦）、Nuyts、Ilong（依瓏，Takalang 妻）、
　　　新港庄民、荷蘭隨從

△送定隊伍抬著聘禮走上，庄民聚集圍觀。

庄民們：【唱】一尾金龍光映映（kng-iànn-iànn），
　　　　　　　搖頭擺尾共人唌（siânn，引誘），
　　　　　　　銀角袚鍊（phuàh，項鍊）
　　　　　　　來送定（sàng-tiānn，送聘禮），
　　　　　　　欲講啥人的親情（tsiânn，婚姻）？

△ Poeloehee 風姿招展上。

庄民們：原來是 Poeloehee！
Ilong　：【吟】鏤金緞、花紗綾，比著花布較奇巧。

庄民甲：【吟】逐項都厚工，虛華，虛華。

庄民乙：【吟】愛提偌濟張的鹿皮來交換。

庄民丙：【吟】是啥人欲送予新港的阿蝦仔。

Poeloehee：【唱】我的情郎真奢颺（tshia-iānn，大排場），

　　　　　　　　　心肝破開滿大埕（tuā-tiânn，廣場），

　　　　　　　　　阮的愛是用檳榔汁來寫。

庄民們：【唱】你是呸（phuì）對佗一个 bata 逫？

　　　△ Poeloehee 賣關子，Ilong 注意到荷蘭傳教士在關
　　　　切荷蘭隨從高捧的銀冠。

Ilong　：啊，是荷蘭人的牧師，（恍然大悟）原來如此！恁來
　　　　看押佇後尾的這頂。

庄民甲：正銀的帽仔，生目睭毋捌看。

Ilong　：你欲去佗看？日本將軍送予長老的，猶未落船就予
　　　　人搶搶去，這馬提來送予 Poeloehee 做聘禮。

庄民乙：啊……Poeloehee 的情郎毋就是——

傳教士：臺灣長官 Nuyts！

Ilong　：【唱】日本荷蘭 Siraya，一頂銀冠三方贏，

　　　　　　　　阿立保庇誠有聖，愛情留踮新港遮。

傳教士：建立基督教的家庭，Nuyts 恁頭示範愛佮和平。

Poeloehee：【唱】男女牽手無論嫁娶，眾人尊存伊是長官，

　　　　　　　　　成親了後我欲做大，遮是 Siraya 的地盤。

　　　△《漂泊的荷蘭人》音樂主題出，Nuyts 以戀愛中

男人的狀態出現，傳教士向他招呼，他急著向
Poeloehee 獻殷勤。

傳教士：Nuyts？

Nuyts：噓！（趕傳教士離開）長官閣較大，也著拜枕頭神，
我一个 Poeloehee 咧！

Poeloehee：（閃身）欸，猶未，你猶未。

Nuyts：【唱】聘禮已經收去园，
我的禮數敢袂十全（tsåp-tsñg，齊全）。

Poeloehee：【唱】喙琴響動趁月光，才放你入門上眠床。

Nuyts：我啥物攏會曉，就是恁的喙琴（口簧琴）欸袂振動啦。

Poeloehee：若無，你陪我答喙鼓，我心花若開，下暗你就
來啊。

△ Poeloehee 往前走，Nuyts 快步跟上，信心滿滿。

Nuyts：我毛頭聯姻，可比臺灣種的甘蔗激出荷蘭的蘭姆酒，
Nuyts 你著向前行！

Poeloehee：【唱】入港隨灣入鄉得隨俗
Siraya 的土地是查某囝的，
繼承後頭長屋的一切，
成雙成對你綴 Poeloehee。

Nuyts：【唱】半暝仔跕跤（liam-kha，躡手躡腳）
趖（sô）入去長屋內，
天猶未光就予人趕出來，

這奇風異俗叫我怎忍耐，

翁親某親強迫阮分開。

Poeloehee：【唱】荷蘭是男性咧做主，

你來阮兜（我家）做丈夫。

Nuyts ：Poeloehee，你若綴我蹛熱蘭遮—

【唱】真濟辛勞（sin-lô，手下）通為你服務，

毋免落田做甲若黃牛。

△ Poeloehee 搖頭，不為所動，Nuyts 繼續討好她，

突然眼前出現稻田。

Nuyts ：【唱】城堡高大真濟層，在你遊覽巧機關。

Poeloehee：【唱】木柵土堡無稀罕，姊妹相伴心清閒。

Nuyts ：【唱】荷蘭文明真大範，收買人心無為難。

Poeloehee：Nuyts，你來看！

【唱】稻仔金金、稻穗飽滿，

Nuyts ：（華語）喜歡嗎？ Nuyts 送給你。

【唱】只要你喜歡，送你彼塊田。

Poeloehee：你共人騙？

Nuyts ：我哪甘共你騙！煞毋知

【吟】漢人軁縫（nǹg phāng，鑽縫隙）偷走稅（逃稅），

予阮掠來做工拄數（tú-siáu 掠來，抵帳）種田地。

Poeloehee：【吟】橫霸霸，莫怪紅毛被怨感，

若欠工，不如囡仔加生幾个。

Nuyts ：【吟】按呢咱㑚頭欲生幾个？

Poeloehee：【吟】哎喲猶未，猶未。

Nuyts ：Poeloehee 又閣講猶未？

Poeloehee：【唱】恁有法律阮有祖規，愛等免戰卸甲時，

　　　　　　　　　翁某日夜蹔（tuà）做伙，阿蝦才能生孩兒。

Nuyts ：唉，做長官的哪有免戰的一工？若按呢，我愛

　　　　 Poeloehee 毋著無希望。

△ 庄民甲乙丙端出「鹿津津」（lȯk-tin-tin，一種百草膏）

庄民甲：【吟】長官愛某毋通來失志，

庄民乙：【吟】對你阮有 special 的規矩，

庄民丙：【吟】只要過關，欲做丈夫做你去。

△ Poeloehee 對 Nuyts 勾魂一笑。

Nuyts ：【吟】啥款 special 的規矩，趕緊報我來見知。

庄民甲：這，阮這號做「鹿津津」。

Nuyts ：【吟】如此特殊的氣味。

庄民們：【吟】世界營養的好物。

Nuyts ：【吟】即時來食我無客氣！

△ Nuyts 吃起百草膏，Gameboy 上，嗅聞另一盤百

　　草膏。

Gameboy：花鹿腸仔內猶未消化的青草做的，漢人干焦鼻

著味，就吐甲規塗跤（聞味道就吐一地）。

歌　隊：【唱】庄民圍觀做囝婿，戲弄長官心花開。

庄民乙：長官食會合無（吃得慣嗎）？

歌　隊：【唱】「鹿津津」紲喙閣袂穤（順口還不錯）。

庄民丙：（遞一杯酒）閣有這、蘭姆酒。

歌　隊：【唱】荷蘭 Siraya 配和諧。

眾　人：（舉杯）好久沒有敬我了你！

　　　△歌隊之唱轉場，Nuyts 醉倒後暗下，音樂切換下
　　　　一個政治情境。

歌　隊：【唱】美人美酒且沉醉，休聽戰鼓來迫催。

4-2

場景：巡撫官衙內、海港邊
角色：熊文燦（福建巡撫）、巡撫隨從、鄭芝龍、隨從 Saran

　　△熊文燦所在燈亮，他回想鄭芝龍破了明國聯合
　　　VOC 對付鄭的妙計。

熊文燦：唉，這个鄭芝龍太孱搶，我這个福建巡撫，予伊搶
　　　　甲是不得安寧！
　　　　【唱】為發奇兵將伊來教示，阮聯合荷蘭大公司。
　　　　才拄講好爾，猶未行動咧，伊，伊，伊的船隊就按
　　　　呢，兵臨廈門！

　　　　△鄭芝龍上，以霸氣橫掃之姿率眾過場。

鄭芝龍：來啊！
熊文燦：【唱】大明水師敗予伊，威風凜凜占天機。

鄭芝龍：哈，哈哈，你會聯合荷蘭，我就心肝欲掠坦橫（心一橫）、跤來手也來，先下手為強！

熊文燦：紲落來（接下來）新皇登基——

鄭芝龍：大明國又閣公布禁海令，禁止百姓出海。

歌隊、熊文燦：【接唱】海賊猖狂實難禁。

歌隊、鄭芝龍：【接唱】風雲變色在一時！

熊文燦：唉，坐懸懸（居高位）的人看啥攏霧嗄嗄（bū-sà-sà），啥人毋知影海賊是愈共禁伊愈聳鬚呢！（計上心頭，露喜色）欸，我閣想著一步矣！海賊做久也會想欲收跤洗手，我不如稟明皇上，就請上大尾的鄭芝龍來替阮顧海防，我就是這个主意！

歌　隊：聖旨下！

　　△熊文燦朝向鄭芝龍所在處宣讀聖旨，鄭芝龍跪地
　　　聽旨。

熊文燦：鄭芝龍聽旨！

鄭芝龍：萬歲，萬歲萬萬歲！

熊文燦：皇天承運，皇帝詔曰，朕聞福建人鄭芝龍海上蛟龍，今封你做游擊大將軍，安平鎮為基地，為朕守衛海疆，欽此。

鄭芝龍：謝吾皇，萬歲！

　　△鄭芝龍起身，百感交集。

Saran：主公，拄才你是咧跪啥物人？領啥物旨？

鄭芝龍：我咧跪皇帝，領聖旨。

Saran：所以，主公準備欲上陸（上岸）矣？

　　　　△在近鄉情怯的惆悵裡，鄭芝龍走入自己的內心世
　　　　　界，與即將離開平戶母親的鄭森，交流著渴盼卻
　　　　　又害怕未知的心聲。

鄭芝龍：大明國百姓濟、土地闊，皇帝是天子，唯我獨尊，
　　　　全世界的船來到東亞都數想（妄想）欲佮大明國做生
　　　　理，我的家鄉，其實也佇遮，只是我，出海放浪傷
　　　　久矣，想袂到有上陸做官的這一工。

　　　　△小鄭森所在燈亮，向鄭芝龍慢慢靠近。

鄭　森：頂擺見面，我猶細漢毋捌代誌，這馬我已經大漢矣，
　　　　應該愛按怎叫？父樣（toto sama，日語）？阿爹？爹
　　　　親？
　　　　【唱】父子生疏千里遠，只為爹親非等閒。

鄭芝龍：【唱】封妻蔭子無算慢，正當此時來封官。
　　　　我的囝兒鄭森，伊將欲離開平戶（Hirato）來倚靠我
　　　　矣，我不如就順勢上陸，予森兒佇安平鎮蹛落來，
　　　　好好仔讀冊。

鄭　森：【唱七字連空奏】Fukumatsu（福松）我啊，
　　　　　　　　　　　　拜別娘親倚阿爹。

鄭芝龍：【唱】今後大明官兵──

鄭　森：【唱】對面無話、重逢顛倒驚，

鄭芝龍：【唱】我率領，多多益善英雄名。

鄭　森：【唱】將軍徛船頭、敢講我也、海上人的命。

鄭芝龍：【唱】久別重逢等伊來叫一聲，

鄭　森：【唱】久別重逢、我欲叫一聲。

　　　　　　　心袂定、伊敢會知影。

鄭芝龍：【唱】血脈相連咱是親爸囝。

鄭　森：【唱】向前行。

鄭芝龍：【唱】未來路途我陪你，

鄭　森：【唱】父親大人在上，

鄭芝龍：【唱】吾兒一定贏。

4-3

場景：荷蘭船艦上
角色：Nuyts、鄭芝龍、鄭森、隨從 Saran

Nuyts：封彼（he）啥物官？軍糧竟然愛家己款，鄭芝龍竟
　　　　然去做一個空殼名（有名無實）的游擊將軍！毋著，
　　　　海賊王哪有可能做了本（賠本）的生理！伊一定會控
　　　　制大明國的海岸，共趁錢的機會總包去！哼！
　　　【唱】鄭芝龍順風駛盡帆，Nuyts 識破你心機，
　　　　　　王對王登船來相見，商場的頭手是 VOC。
鄭芝龍：【唱】Nuyts 親身下戰書，鄭芝龍靠勢憑後嗣，
　　　　　　荷蘭人大船藏啥物，
　　　　　　行一逝（tsuā，趟）虎山知蹺蹊。

　　　△鄭芝龍、鄭森及隨從 Saran，走向象徵船艙的區
　　　　位。

1624

Nuyts ：將軍，歡迎歡迎！

鄭芝龍：長官，久仰久仰。

Nuyts、鄭芝龍：啊，哈哈哈！

Nuyts ：將軍看來滿面春風，佇大明國春風得意啊。

鄭芝龍：長官也是南北奔波，盛名遠播日本迵臺灣。

Nuyts ：（意識到他知道自己曾遭濱田彌兵衛綁架，急轉話題）這？請問這位是？

鄭芝龍：小犬鄭森。（對鄭森）來見過 Nuyts 長官。（鄭森行禮後，對 Nuyts）方才我對森兒咧感慨，歲月果然不饒人，會記得荷蘭人聽我苦勸轉向臺灣來經營彼冬（那一年），伊才拄出世。

Nuyts ：喔，將軍可有提起，你捌領荷蘭人的薪水，阮教你用火銃，予你插阮的三色旗，閣有——

鄭芝龍：（打斷 Nuyts）罷了！（對 Saran）恁少爺去甲板頂等我，（對鄭森）去啊！

　　　　△鄭芝龍回過頭，與 Nuyts 談笑狀；一束燈光隨鄭森走。

鄭　森：大人是按怎表面展笑容，腹內藏暗箭？

Saran ：這代表危機關頭，主公有正事欲處理。

鄭　森：（仍困惑）喔？

Saran ：聽講少爺出世佇平戶（Hirato）的海邊，Saran 頭一改（第一次）坐船，就是對臺灣去平戶。

鄭　森：（打量 Saran）你對臺灣來的？我感覺你佮其他的大人

無啥全款呢……

△ Saran 和鄭森繼續友好攀談。
△ 另一頭，Nuyts 與鄭芝龍走位較勁，邊走邊掀開
　　底牌。

鄭芝龍：鄭芝龍一言說出，駟馬難追——
Nuyts ：比不得白紙烏字，字字當真。
鄭芝龍：【唱】龍爭虎鬥設牢籠，
Nuyts ：【唱】等君落籠來投降，
鄭芝龍：定落就三年，三年不得改變——
Nuyts ：這是國際貿易，合約的精神。
鄭芝龍：【唱】商場應變頭一項，
Nuyts ：【唱】傷過堅持是戀人。
鄭芝龍：對我也無好處，憑啥物愛簽予你？
Nuyts ：就憑將軍你，現在佇我船頂——
鄭芝龍：我佇荷蘭人的船頂——
Nuyts ：船若駛到海中央——
鄭芝龍：伊若命人將船駛離陸岸——
Nuyts ：伊是叫天天不應，叫地地袂靈——
鄭芝龍：我叫天不應，叫地袂靈，伊欲軟禁鄭芝龍！？
Nuyts ：【唱】好運用盡空笑夢。
鄭芝龍：【唱】靜觀風向再回航。
Nuyts ：喔，食飯時間欲到矣，我會去請你的公子落來做伙
　　食。

鄭芝龍：（微動怒）你也敢用我的囝來威脅我？

Nuyts ：開講，開講，將軍莫想傷濟。

鄭芝龍：【唱】人間財寶皆可放。

Nuyts ：【唱】難捨至親在心房。

鄭芝龍：欲講就來講，其實 Nuyts，我應該感謝你。

Nuyts ：感謝我？你的船這馬是駛入去佗一个港（諧音
「講」）？

鄭芝龍：你有所不知，鄭森才對日本轉來到我身邊，咱這種
老爸攏真無閒，阮爸仔囝會當關佇船頂培養感情是
偌爾難得的機會。比較起來，長官你的公子被濱田
（Hamada）船長掠去日本做人質，（搖頭嘆息）使人萬
分同情。

Nuyts ：（忍住不爆炸）你！好，好，鄭將軍是大明國的朝廷
命官，無的確你的皇帝會出兵共你救喔，哈哈，哈
哈哈！

　　　△ Nuyts 忿忿下，鄭芝龍心煩氣躁地走位，時間快
　　　轉一个多月，終於緩過來面對現實。

鄭芝龍：唉，我不該輕敵，啥人會知影我佇遮……風咧？風
咧！關佇遮攏攏感覺袂著方向……。

歌隊：【唱】船艙受禁個外月，無人發兵解險危。

鄭芝龍：後一步欲按怎行才好？

　　　【唱】回心轉意來面對，豪傑毋食眼前虧。

　　　（轉念笑開懷）哈哈，哈哈哈，我想通矣，鄭芝龍有

今仔日，敢毋是對敵的荷蘭人教我上濟。

【唱】毋倚陸岸做困獸，富貴榮華險中求。

歌　　隊：【唱】就此停損莫窮究，生機無限在海洋。

△音樂壯盛起來，全場生氣勃勃地流動起來，鄭芝龍瀟灑地在合約上簽名後，擲筆長嘯，鄭森應聲來到身邊。

鄭芝龍：三年算啥物？簽就簽！

鄭　森：爹親！

鄭芝龍：鄭森吾兒，欲得人間寶，敢死才會活，海上之人對爹開破，面前的海洋十分闊大，咱心懷壯志，毋通保守在沿岸。

鄭　森：爹親的志向，孩兒謹記在心。

鄭芝龍：有你繼承，鄭家軍指日可待啊！

△鄭芝龍在音樂中擺陣，演練架式，鄭森隨之成長出不凡的氣概。

鄭芝龍：【吟】疾如風！

歌　　隊：【唱】英雄造時勢。

鄭芝龍：【吟】徐如林！

歌　　隊：【唱】時勢造英雄。

△鄭森接過鄭芝龍的披風，披戴起來。

鄭　森：【唱】聽風湧喝咻。

鄭芝龍：【唱】侵奪如火！

鄭　森：【唱】看朝代變幻。

鄭芝龍：【唱】不動如山！

父　子：【合唱】冒死求生路，精神代代傳。

歌　隊：【合唱】鄭森隨機應萬變，誰知他日過臺灣。

尾聲：下一波，衝一波

場景：Takalang 的家、船上
角色：Takalang、Ilong、Saran、Gameboy、尪姨們（母性角色集合體）、傳教士

△音樂轉場，多年後，荷蘭傳教士上拿著書和鵝毛筆，用羅馬字將聽到的 Siraya 語紀錄下來。

傳教士：你講阿立是恁的祖靈，阮的神是 God，Takalang，你的名會當按呢寫。
【唱】海外萬里會島嶼，他人異鄉共（kiōng）新詞，
你我初見各言語（gú），今日能通留文書。

△傳教士將書與筆留在舞臺上，下。
△Takalang 上，他穿著西式服裝，拿起傳教士留下的書與鵝毛筆，寫字，Takalang 妻 Ilong 胸前托著嬰孩，向丈夫 Takalang 走來。

Takalang：牽手你看，牧師教我寫這羅馬字，有成（sîng）咧
　　　　　畫圖無？
Ilong　：言語若風咧，Takalang，這款字敢有影會當共咱所
　　　　　講的話記落來？
Takalang：Ilong，有影有影，囡仔學會曉看文書，就會得通
　　　　　理解序大記落來的故事佮智慧。
Ilong　：喔？（指著文書要求）若按呢，你這是咧記啥物，唸
　　　　　予我聽。

　　　△音樂烘托 Takalang 的誦讀，Saran 出現在船頭，
　　　　　同時也在 Takalang 的回憶中。

Takalang：這是較早，我佮 Saran 坐船去日本的時……
Saran　：【唱】披掛鯨骨來護身，
　　　　　　　　海天茫茫常踅神（sėh-sîn，恍神），
　　　　　　　　世界搖晃浮塗動，
　　　　　　　　獵鹿人變成行船人。
Takalang：船那（愈）接近日本我心內那驚，我問 Dijka，咱
　　　　　的未來會按怎？伊講，時到時擔當，聰明人袂去想
　　　　　啥物未來，未來親像海湧，未曾未就沖過來，哪會
　　　　　赴想（海浪快到來不及多想）？

　　　△Saran 望著月光悠悠說起夢來。
　　　△吟出尪姨音樂主題，場上出現多名尪姨、Injey
　　　　　Wattingh、Dijka 妻、Saran 母。

Saran：【唱】風捲帆、翻波浪、生疏的港口小停歇，
　　　　　　踏溪石、逐草林，往過的跤步聽袂著。
　　　　我踮海上流浪足久的。我做過一个夢，夢著去予啥
　　　　物攬咧，攬牢牢的時陣，鼻著獵場的草，真芳，家
　　　　鄉的土地，實在溫暖。

尪　姨：【吟】生死場上，強弱無常。
　　　　　　海洋並非阻隔，
　　　　　　Vaung ta asi putatawax,
　　　　　　而是連結世界，
　　　　　　ra sausal ki idarinuxan.
　　　　　　母親的土地毋驚災難，
　　　　　　Asi matakut ta purux ki samukan.
　　　　　　會當承擔一切。
　　　　　　Tubux ki imid ki mamang.

尪姨們：【唱】阮的身軀長長仔伸勻（tshûn-un，伸展），
　　　　　　月桃花恬靜（沉靜）來展開面容，
　　　　　　捲曲的穎（ínn，幼芽）杳杳仔伸直，
　　　　　　鋪排天星是阮的子宮。
　　　　　　每一道皺痕有歷史的傷，
　　　　　　每一時新生有熱情佮溫純，
　　　　　　新的時代展開完整的自我，
　　　　　　對所有受辱的性命，
　　　　　　愛（必須）有理解佮包容。

△ Gameboy 拿著衝浪板上。

Gameboy：（華語）玩過「1624」之後我就去學衝浪！（臺語）
　　　　戰海湧，無簡單呢！大湧愛細膩（小心），無湧是浮
　　　　袂起，雄雄有一秒鐘我感覺著流浪的 Saran 佇我的
　　　　身軀邊。
尪姨們：【唱】翻轉受傷的皺襇（jiâu-king，皺褶），
　　　　　　　新的咱已經成形，
　　　　　　　內面有代代生湠（senn-thuànn，繁衍）的族群，
　　　　　　　飽滇（pá-tīnn，飽滿）的活氣，永恆的振動，
　　　　　　　阮是臺灣閃閃天星的夜空[5]。

　　　　　　　　　　　　　　　　　　　　　　劇終

_____

5 本段唱詞化用自胡長松《復活的人》的情節意涵，臺北：前衛，
　2015，頁 551-552。

工作人員名單

製作團隊

藝術總監	史　哲
總顧問	林茂賢
顧問	王家祥、江樹生、李淑芬、吳密察、段洪坤、翁佳音、許耿修、康培德、張隆志（依筆畫排序）
總導演	李小平
監製	王時思、李靜慧、陳悅宜（依筆畫排序）
副監製	陳修程、陳紹元、鄒求強、賴銘仁（依筆畫排序）
編劇	施如芳、蔡逸璇
執行導演	殷青群
副導演	劉建華、劉冠良
音樂指揮	郭哲誠
音樂總監	周以謙
編腔設計	陳歆翰
作曲、配器	郭珍妤
燈光設計	車克謙
影像設計	王奕盛
舞台設計	陳　慧
服裝設計	邱聖峰
音響設計	陳鐸夫
舞蹈設計	張雅婷
武術身段指導	張宇鏵
視覺設計	尤洞豆
總舞監	吳沛穎
導演助理	廖珮宇
技術統籌	璟雙藝創工作室
群演舞監	楊秉儒
製作統籌	王文妮
執行製作	薛梅珠、李玉琦
行銷宣傳	莊孝慈
排練助理	黃雅嫻
專案行政	許純芸
後臺管理	野草製作
道具製作	巨熠有限公司
劇照拍攝	說故事影像工作室
影像紀錄	老地方工作室

演出團隊（依筆劃排序）

一心戲劇團	孫詩珮、孫詩詠
明華園天字戲劇團	陳昭香、孫詩雯、吳奕萱
明華園戲劇總團	孫翠鳳、陳昭婷、陳彥名
秀琴歌劇團	米　雪
春美歌劇團	郭春美、孫凱琳
唐美雲歌仔戲團	唐美雲、小咪、許秀年暨全體團員
高雄市國樂團	郭哲誠指揮暨全體團員
高雄市立左營高級中學	舞蹈班
國立臺灣戲曲學院	歌仔戲學系、京劇學系
國光劇團	鄒慈愛、黃宇琳
臺灣豫劇團	王海玲、劉建華暨全體團員
薪傳歌仔戲劇團	張孟逸、古翊汎
鶯藝歌劇團	羅裕琮
特邀	周浚鵬

指導單位	文化部
主辦單位	國立傳統藝術中心
合辦單位	交通部觀光署、臺南市政府
協辦單位	臺南市政府文化局
製作單位	財團法人高雄市愛樂文化藝術基金會

文學叢書　728

1624

撰　　　稿	翁佳音　李旭彬　李小平　施如芳　蔡逸璇	
	陳　慧　車克謙　王奕盛　邱聖峰　周以謙	
編　　　劇	施如芳　蔡逸璇	
臺 語 審 訂	呂美親	
劇照劇本提供	國立傳統藝術中心	
總 編 輯	初安民	
責 任 編 輯	陳健瑜	
美 術 編 輯	陳淑美　劉美琪	
校　　　對	黃子庭　陳佳蓉　呂美親　蔡逸璇　施如芳　陳健瑜	

發 行 人　張書銘
出　　　版　INK印刻文學生活雜誌出版股份有限公司
　　　　　　新北市中和區建一路249號8樓
　　　　　　電話：02-22281626
　　　　　　傳真：02-22281598
　　　　　　e-mail：ink.book@msa.hinet.net
網　　　址　舒讀網www.inksudu.com.tw

法 律 顧 問　巨鼎博達法律事務所
　　　　　　施竣中律師
總 代 理　成陽出版股份有限公司
　　　　　　電話：03-3589000（代表號）
　　　　　　傳真：03-3556521
郵 政 劃 撥　19785090 印刻文學生活雜誌出版股份有限公司
印　　　刷　海王印刷事業股份有限公司

港澳總經銷　泛華發行代理有限公司
地　　　址　香港新界將軍澳工業邨駿昌街7號2樓
電　　　話　852-2798-2220
傳　　　真　852-2796-5471
網　　　址　www.gccd.com.hk

出 版 日 期　2024年 2 月 初版
ISBN　　　978-986-387-712-7
定　　　價　450元

Copyright © 2024 by Shih Ju-fang Tshuà ik-suân
Published by INK Literary Monthly Publishing Co., Ltd.
All Rights Reserved

本書由文化部贊助出版（國家語言整體發展方案）

國家圖書館出版品預行編目(CIP)資料

1624／施如芳，蔡逸璇 編劇.
--初版. --新北市中和區：INK印刻文學，2024. 02
面；14.8×21公分. --（文學叢書；728）
ISBN　978-986-387-712-7（平裝）

863.54　　　　　　　　　　113000582

舒讀網